湯けむり若女将

霧原一輝

双葉文庫

目次

湯けむり若女将

第一章　敏感シングルマザーの教え

1

週に一度の露天風呂清掃の日、岸川芳彦《きしかわよしひこ》は、すっかりお湯が抜けた岩風呂をブラシで擦《こす》っていた。

すると、背後から声がかかった。

「若旦那がこんなことをなさってはいけません」

振り返ると、着物の裾《すそ》をはしょって帯に留めた小柄な女が、眉《まゆ》をひそめて近づいてくる。

M旅館で仲居頭《なかいがしら》を務める青木珠実《あおきたまみ》だった。現在三十六歳で、離婚して女手ひとつで娘を育てている。

芳彦が通った、地元の中学校の先輩でもある。

見た目は若く、いきいきとしている。黒髪を後ろでお団子に結《ゆ》っていて、目鼻だちはくっきりしており、仲居たちをまとめるリーダーシップも持っている。

M旅館のおもてなし度が高いのは、この人あってのことだ。

「すみません。こうでもしていないと、落ちつかなくて」

「……半年以内に若女将《わかおかみ》を見つけなくちゃいけないんだから、大変ですよね」

珠実が岩風呂の床をブラシで擦りながら言って、こちらを振り向き、にこっとした。

はしょられた着物からのぞく色白のふくら脛《はぎ》と、途中までのぞいている太腿《ふともも》の後ろ側に見とれながら、芳彦は訊《き》いた。

「ご存じなんですか？」

「ええ、それは……今、その話題で持ちきりですよ。女性従業員たちが浮き足立っています」

珠実がブラシをまた使いはじめる。

（そうか、バレていたのか……）

芳彦の実家は、北関東のI温泉郷にある老舗《しにせ》のM旅館である。

当初、芳彦は旅館を継ぐ気はなく、上京して商社に就職した。海外を飛びまわる仕事をするのが夢だったからだ。しかし、現実はそう上手くはいかなかった。

一時は海外で活躍したが、運悪く非主流派の派閥の一員とみなされて、三十五歳にして閑職である総務部の課長補佐を命じられた。

（会社を退《しりぞ》いたほうがいいんじゃないか？）

行く末に悩んでいるとき、まさかの訃報《ふほう》が飛び込んできた。

以前から心臓の持病に苦しんでいた父が、心筋梗塞《しんきんこうそく》で急逝《きゅうせい》したのだ。

実家で死に顔を見たとき、父の死の実感がようやく湧《わ》いてきた。

葬儀の後に母の富士子《ふじこ》から、父が生前に認《したた》めたという書状を渡された。

直筆で記された書状にはこう書かれていた。

『私が死んだら、芳彦、お前が旅館の跡を継いでくれ。会社を辞めて、半年間支配人見習いとして修業をしろ。その間に、若女将を見つけて、結婚しなさい。若女将に相応《ふさわ》しい女性を見つけられなかったときは、芳彦は支配人になる資格がないと判断して、旅館は番頭の柿崎《かきざき》に継がせる。つまり、お前は用なしというわけだ。この内容は女将も知っているし、同意してくれている。頼むぞ』

読み終えたとき、芳彦の脳裏を様々な思いが駆け巡った。

（親父、幾らなんでも勝手すぎるだろう。支配人はまだいい。しかし、半年の間に若女将に相応しい女と結婚しろって……無理だよ。俺がてんで女にモテないこ

とはわかっているだろう）

芳彦は若い頃に一度結婚したが、四年ほどで別れた。原因は妻の不倫だった。つまり、自分は妻に不倫されるほどの不甲斐《ふがい》ない男なのだ。

書状を読んで、一時は会社と旅館のどちらをとるか大いに悩んだ。

今でも、俺なんかに老舗旅館の支配人が務まるだろうかと一抹《いちまつ》の不安がある。だが……、いや、今更そこに戻ってはダメだ、自分は親父の遺言《ゆいごん》を受け入れてしまったのだから——と、みずからを鼓舞《こぶ》している。

父の遺言にしたがって、芳彦は会社を退職し、一週間前に実家であるＭ旅館に戻ってきた。現在は支配人見習いとして、支配人代理である柿崎武夫《たけお》の下で、旅館経営を学んでいる。

柿崎は父が右腕と認めていたくらいで、仕事のできる六十五歳の番頭だ。しかし、芳彦にはどこか冷たい対応に終始している。

信用していないのか、それとも、自分が支配人をつづけたいために、俺につらく当たるのか——。

それ以上に問題なのが、半年以内に結婚相手を見つけなければいけないという点で、そのプレッシャーに押しつぶされそうだ。

芳彦はブラシで石の床を擦りながら、珠実におずおずと声をかけた。

「あの……うちの旅館のこと、一度レクチャーしてもらえませんか。こうして仕事をしていても、俺はこの旅館に関して知らないことが多すぎるなと、実感しています。仲居頭の珠実さんなら、いろいろとご存じなんじゃないかと……」

「よろしいですよ。わたしも若旦那に頭に入れておいていただきたいことがありますから」

「よかった。いつがいいですかね？」

「じつは今夜、わたし、泊まりなんです。そうですね……夜の十時頃なら、仕事も一段落します。それくらいに、お部屋を訪ねていきます。それで、よろしいですか？」

「もちろん。ありがとうございます。助かります」

「いいんですよ。わたしも協力します。この旅館をもっともっとよくしていきましょう」

珠実は大きな目を輝かせて言い、また精力的に床をブラシで擦りはじめた。

2

夜、芳彦は従業員専用風呂につかって、ぼんやりと今後のことを考えていた。

(商社と旅館では経営の仕方がまったく違う。今、うちは新型コロナで被った、お客の減少と赤字分を補えていない。父という大きな存在を失って、その代わりを誰がするかも曖昧《あいまい》なままだ。やはり、俺が継ぐしかない。だけどその前に、若女将に相応しい女性と結婚しないと……)

プレッシャーを紛《まぎ》らわせようと、窓から見える夜景に目をやる。

ひとつ大きく溜め息をつき、視線を脱衣所の壁にずらしたとき、壁掛け時計が目に飛び込んできた。

(んっ……?)

針が十時十分を指している。珠実と午後十時に芳彦の部屋で落ち合う約束をしている。

(しまった……!)

芳彦が腰を浮かしたとき、風呂のドアが開いて、脱衣所から珠実が顔をのぞかせた。

「やっぱり、ここにいらしたんですね」

「ゴメン。今すぐ出るから」

「どうせだから、お風呂で話をしましょう。ついでに、お背中を流します」

「いや、いいよ」

「遠慮は要《い》りません」

珠実は顔を引っ込めて、ものの三十秒くらいで、風呂に入ってきた。

旅館のロゴの入ったタオルを、胸前から垂らしているが、丸々とした乳房や下腹の濃い翳《かげ》りは見えてしまっている。

小柄だが、色白でむっちりとして肉感的だ。とても、三十六歳のシングルマザーとは思えない。芳彦が目をそらすと、珠実は素早くかけ湯をして、

「失礼します」

檜《ひのき》の湯船に足から入ってきた。

堂々としていて、まったく臆《おく》することがない。このくらい度胸が据《す》わっていないと、仲居頭は務まらないのかもしれない。

珠実はお湯に腰までつかりながら移動してきて、芳彦のすぐ隣に腰をおろす。

タオルを外して、湯船の縁《へり》に置いたので、白銀《しろがね》の湯と呼ばれる無色透明なお湯

を通して、肌色の乳房の甘美なふくらみが透《す》けて見える。

お湯につかっているむっちりとした女体と抜けるように白い肌は、また格別で、下腹部のものがむくむくと頭を擡《もた》げてきてしまう。

勃起《ぼっき》を覚《さと》られまいと、芳彦はさり気なく股間を手で隠した。

「ご心配なく。わたしも一応独身ですが、娘のいるシングルマザーです。ここの若女将の座を狙うなんて滅相《めっそう》もございません。考えてもおりませんから」

安心させようとしたのだろう、珠実がにっこりして、芳彦を見た。

「でも、うちの独身の女性従業員は、みんな若旦那を虎視眈々《こしたんたん》と狙っていますから、くれぐれも気をつけてくださいよ」

珠実がお湯のなかで右手を芳彦の太腿に置いたので、体が勝手に反応した。

「ふふっ、今、びくんって……心配だわ。こんなことじゃ、誘惑されたら一発で落ちそう。くれぐれも悪い女に引っかからないでくださいね。いざとなったら、わたしが相談に乗りますから。いいですね？」

うなずいたとき、珠実の右手が勃起を大胆に握りしめてきた。

お湯のなかで仲居頭の珠実に、肉柱を握られて、芳彦は「くっ」と呻《うめ》く。

「仲居の人たちだって、若女将になれるなら、このくらいのことはしますからね。誘いに乗ってはいけませんよ。わたしも若女将に相応しくない女の下で働くのはいやですから」

「はい……気をつけます」

そう答える間にも、お湯のなかでほっそりした指が勃起をゆっくりと上下にしごいてくるので、快感と困惑が交錯《こうさく》する。

「わ、わかりました。ですから、もう……」

「最近セックスをしていますか？」

珠実がまさかのことを大胆に訊いてきた。

「し、してないな」

「いつなさったんですか？」

「……ううん、半年前かな」

「お相手は？」

「吉原のその、ソ……」

「いけませんね。そんな欲求不満の状態では、悪い女に誘惑されたとき、簡単に落ちてしまう。わたしが解消してあげます。そこに座ってください」

「いや、でも……」

「心配要らないです。先ほど申し上げたように、わたしには若女将になる野望はありません。むしろ、若旦那を陰で支えたいんです」

「それはうれしいけど、どうしてそんなに俺を？」

「どうしてでしょうね。自分でもよくわかりません。ただ、昔から若旦那を見ていると、頼りなくて、つい支えたくなってしまうんです……とにかくわたしを信じてください。絶対に裏切りませんから」

「わ、わかった。信用するよ」

珠実はうなずいて、芳彦に湯船の縁に座るようにうながす。

芳彦はおずおずと縁に腰をおろした。この歳になっても、温泉でフェラチオされた経験はない。

珠実はお湯につかりながら、足の間にしゃがんで、そそりたつ肉柱をしなやかな指で握り込んできた。ゆったりとしごきながら、ちらりと見あげて、

「ご立派ですね」

瞳を輝かせて言い、顔を伏せて、茜色《あかねいろ》にてかつく亀頭部《きとうぶ》にチュッ、チュッとキスを浴びせてくる。

「おっ、あっ……」

唇が敏感な頭部に触れるたびに、分身がびくんびくんと躍りあがった。

「わたしもほんとうにひさしぶりなので、上手くできるかわかりませんよ」

珠実は見あげて言い、肉柱を下腹に押しつけるようにして、裏筋を舐《な》めてきた。なめらかな舌で、ツーッ、ツーッと敏感な裏筋をなぞりあげられると、電流に似た快感が走り、思わずのけぞってしまう。

珠実はいっぱいに舌を出し、全体を舐めあげて、にっこりした。すぐに、亀頭《きとう》冠《かん》の真裏を舌先で強く擦ってくる。

「あっ、くっ……！」

芳彦は上を向いて、目を閉じる。裏筋の発着点をちろちろされると、瞼《まぶた》の裏で快感の赤い明かりが灯《とも》る。

唾液で濡れた舌が何度も裏筋を往復すると、珠実は上手いこと言っているが、じつは、これは若女将の座を射止めるための巧妙な罠《わな》ではないかという危惧《きぐ》が消えて、ぞくぞくするような快感が全身を満たす。

珠実が上から分身を頬張《ほおば》ってきた。

両手を芳彦の太腿に突いてバランスを取りながら、じっくりと大きく唇を往復させる。

驚いた。珠実は頬張りながら、舌もつかって、裏側にねろり、ねろりとからみつかせてくる。

これほど器用に舌をつかわれたのは、初めてだ。こんなに達者なフェラをしてもらえるのに、その権利を放棄した別れた夫の気持ちがまるでわからない。

珠実はゆっくりと顔を打ち振りながら、睾丸袋《こうがんぶくろ》を右手でやわやわとあやし、お手玉でもするように持ちあげてくる。

しばらくしていないから、上手にできないと言っていたが、それが謙遜《けんそん》でしかないのを身をもって感じる。

芳彦が体験した数少ない女性のなかでは、ダントツにフェラが上手い。しかも、男根に対する敬意のようなものがうかがえる。

珠実は睾丸に触れていた右手を肉柱の根元にからみつかせて、じっくりとしごきあげてくる。

余っている包皮を引きおろし、亀頭冠を剝《む》き出しにし、そこに唇を引っかけるようにして、

「んっ、んっ、んっ……」

小刻《こきざ》みにストロークする。

「あっ、くっ……」

剝き出しになったカリを、唾液まみれの舌と柔らかな唇で巧みに擦られる悦《よろこ》びを満喫して、芳彦は天井を仰《あお》ぐ。

（ああ、世の中には、こんなに気持ちいいことがあったんだな）

別れた妻は『臭い』だの『疲れるから』と言い訳をして、まともにフェラチオをしてくれなかった。それに較べて珠実のフェラは絶品で、まさに天国だ。

芳彦は陶酔感《とうすいかん》をこらえて、下を見る。

アップにされた髪からのぞく楚々《そそ》としたうなじが色っぽい。珠実の頭が上下に揺れて、五本の指が顔の振りと同じリズムで、血管の浮き出た根元を握りしごいてくる。

ジュルル、ジュルル……ジュルル――。

珠実は肉柱をバキュームする唾音とともに、いったん吐きだし、顔を横向けて、側面にキスの雨を降らせ、なめらかな舌でなぞりあげてくる。

また上から頰張って、

「んっ、んっ、んっ……」

と、小刻みに亀頭冠に唇を擦りつけながら、余っている部分を強く握り、しごいてくる。

温泉から立ちのぼる白い湯けむりが、お湯の表面とともに揺れている。

丸々とした乳房もほとんどがお湯から姿を現し、温泉で温められて桜色に染まっていた。

赤みの強い乳首がツンと頭を擡げていて、その尖《とが》って勃起した乳首が、珠実の発情を伝えてくる。

ちゅぽんと吐きだした珠実が、勃起を指でしごきながら、見あげてきた。

「どうなさいますか？」

「ど、どう……と、いうと？」

「背中を流すか、このままお入れになるか、どちらがよろしいですか？」

「そ、そりゃあ、このまま、その……」

「わかりました。その前に、舐めてください。そのほうが、入りやすいですから」

珠実は見あげて言い、湯船の縁に両手を突いて、尻を突き出してきた。

適度にくびれた腰からハート形にひろがった肉感的なヒップがせまってきて、芳彦は真後ろにしゃがむ。

「あまり見ないでくださいね、恥《は》ずかしいので」

珠実がくなっと腰をよじった。

黒々としたモズクのような翳りから、ポタ、ポタとしずくが滴《したた》り、その上のふっくらとした肉饅頭《にくまんじゅう》が血のように赤い粘膜をのぞかせている。

こちらを向いた女の割れ目をツーッと舐めあげると、

「ぁあぁうぅぅ……」

珠実は心から感じている声をあげて、

「すごく気持ち良くて、ぞくぞくします」

切なげに尻をくねらせる。

芳彦は尻たぶをつかんで開き、あらわになった女の園を舐めつづけた。

女体に接するのは半年ぶりだが、珠実が打てば響く反応を返してくるせいか、芳彦もどんどんその気になってくる。

目の前には、セピア色の愛らしいアヌスがひくひくとうごめいているのが見える。狭間《はざま》からのぞく赤い粘膜を舌でなぞりつづけると、

「ぁあああ、若旦那……お上手ですよ。クンニがとってもお上手……ああ、感じる」

珠実が尻を後ろに出して、濡れ溝を擦りつけてきた。

珠実は褒《ほ》め上手だった。それがお世辞だとわかっていても、悪い気はしない。むしろ、調子が出てくる。

芳彦はぐっと屈んで、花肉の下の突起を吸った。吸いながら、口のなかでちろちろと舌を躍らせると、クリトリスが大きくなって、

「ぁああ、ダメです。そこはダメっ……おかしくなる……ぁあああ、もう我慢できない」

珠実がもどかしそうに尻を振る。

ここまできたら、もう合体するしかない。

珠実は若女将になる野望を抱いてはいないし、協力を約束してくれているのだから、余計なことを考えずに嵌《は》める一手だ。

芳彦は立ちあがって後ろにつき、足を踏ん張った。

中腰になって、亀頭部で濡れ溝を擦り、腰を徐々に突き出すと、とても窮屈な入口を勃起がひろげていく確かな感触があって、

「はうぅぅ……！」

珠実が顔を撥《は》ねあげた。

「おっ、くっ……」

と、芳彦も奥歯を食いしばる。

それほどに、膣《ちつ》のなかは熱く滾《たぎ》っていて、蕩《とろ》けたような粘膜がうごめきながら、勃起に吸いついてくる。

オマ×コの具合が良すぎた。しかも、芳彦は半年ぶりのセックスだから、強いピストンをしたら、あっという間に果ててしまう。

それでは、あまりにも情けなさすぎる。仕事では頼りにならないのだから、せめてセックスでは珠実にすごいと思ってほしい。

必死に動きを抑えていると、珠実が焦《じ》れったそうに腰をつかいはじめた。

お湯を弾《はじ》くなめらかな背中を弓なりに反《そ》らせ、全身を前後に振って、大きな尻を叩きつけてくる。

そのたびに、ピチャン、ピチャンと音が撥ねて、

「んっ……んっ……ああ、ちょうだい。突いてください。いっぱいください」

珠実は上気した顔をこちらに向けて、せがんでくる。

眉間《みけん》のあたりに漂う男にすがるような風情《ふぜい》が、たまらなかった。

（ええい、出たら出たで、かまわんだろう！）

芳彦は居直って、徐々にストロークを強めていく。つるつるした肌が、温泉と昂奮のためか、ところどころうっすらと桜色に染まり、打ち据えるたびに、下を向いたたわわな乳房がぶるん、ぶるるんと揺れて、

「ああ、すごい。あれが当たってるのよ。あんっ……あんっ……」

珠実は甲高《かんだか》く喘《あえ》いで、右手を口に持っていき、声を押し殺そうとする。

芳彦は湯船のなかで立ちバックで嵌めながら、腰をつかんで引き寄せる。

お湯よりずっと温かく感じる膣に激しく肉柱を抜き差しすると、珠実は片手で口をふさぎながらも、

「んっ……んっ、んんんっ……ぁあああ、もう、ダメっ」

口から離した手で、檜風呂の縁をつかんだ。

(ダメだ。出そうだ)

芳彦はピストンをやめて、珠実の背中に覆《おお》いかぶさっていく。

思いついて、浮かびあがっている肩甲骨《けんこうこつ》の狭間から盆《ぼん》の窪《くぼ》に向かって、ぬるぬるっと舌を走らせる。

「あっ、くっ……ぞくぞくします。あっ、あっ……」

珠実は甘えたような声を洩《も》らし、色白の背中をぎりぎりまでのけぞらせて、が

くん、がくんと震える。

ここしばらく女体に接していなかった芳彦も、ブランクを取り戻しつつあった。

腕と脇腹の間から手をまわし込んで、乳房をとらえる。両手で左右の乳房をつかみ、豊かなふくらみを揉《も》みあげながら、乳首に触れる。指の腹に挟んで、くりくりと転がすと、

「ぁああ……それ、気持ち良すぎる……ああっ、ゴメンなさい。腰が勝手に動くの」

珠実は湯船に立って、上体を斜めにし、腰を後ろに突き出しながら、尻を擦りつけてくる。

芳彦は左右の乳房を揉みしだき、乳首をつまんで転がし、捏《こ》ねる。

珠実はくぐもった喘ぎを絶えず洩らしつつ、尻をぐいぐいと押しつけてくる。

芳彦は珠実を後ろから抱きしめるようにして、腰を鋭くつかう。勃起が体内を深々とえぐっていき、

「あん、あんっ、あんっ」

珠実は鼻にかかった甘い喘ぎをこぼし、がくん、がくんと膝《ひざ》を落とす。

挿入《そうにゅう》する前は不安だらけだったのに、珠実がこれほど反応してくれると、自信が湧いてくる。

もっと強く打ち込みたくなって、珠実にいったん両手を湯船の縁に突いてもらい、右手をつかんで後ろに引っ張った。

「ああ、これ……」

珠実は一瞬、横顔を見せて、潤《うる》んだ目を向けてくる。

今だとばかりに、芳彦は前腕部をつかみ、後ろに引っ張った。

右の乳房がちらりと見えて、赤い乳首がいやらしく尖っている。激しく腰を叩きつけると、

「ああ、イキそう……恥ずかしい。わたし、イキますよ」

珠実がうつむいたまま、切羽詰《せっぱつ》まった声を放った。

芳彦ももう限界を迎えようとしていた。

「いいですよ。イッてください」

「はい……あんっ、あんっ、あんっ……！」

芳彦は右腕を後ろに引っ張りながら、渾身《こんしん》の力でいきりたちを叩き込む。

お湯がちゃぷちゃぷと波打ち、白い湯けむりも揺れる。

「あんっ、あんっ、あんっ……」

たわわな乳房を揺らす珠実の向こうに、古くなって色の濃くなった檜の板壁と四角い窓ガラスが見える。

熱い塊《かたまり》が下腹部からひろがってきて、芳彦はもうこらえきれない。たてつづけに叩き込んだとき、

「あう、あう、あう……イクわ。イキます……イク、イク、イッちゃう……ぁああああ」

嬌声《きようせい》を噴きあげた珠実の背中が大きくしなり、その直後に芳彦も男液をしぶかせる。

がくん、がくんと腰を揺らしていた珠実が、精根尽き果てたように、お湯のなかに座り込んだ。


芳彦はカランの前にある木の椅子に腰をおろし、後ろから珠実が背中を洗ってくれている。

肌あたりがソフトで、泡立ちのいいボディタオルだから、擦られるだけで気持ちがいい。しかも、それをしてくれているのは、今、セックスしたばかりの仲居

頭なのだ。

「いかがですか？」

珠実が訊いてくる。

「すごく気持ちいい。疲れが取れていくようだ」

「よかった……この一週間、大変だったでしょう？」

「ええ、まあ……だけど、珠実さんに親切にしてもらって、やる気が湧いてきましたよ」

「これからも、困ったことがあったら、何でも相談してくださいね。この後で、うちの旅館のことをレクチャーしてあげます。右手をあげてください」

言われたようにすると、腋《わき》の下から脇腹にかけて、柔らかなタオルがすべり込んできて、くすぐったさと快感が湧きあがる。

左の腋も同じように擦ったタオルが、下へとすべっていった。内腿から股間をぬるぬるとなぞられると、放ったばかりのイチモツに力が漲《みなぎ》ってくる。それを感じ取ったのか、珠実が後ろから言った。

「あらっ、また硬くなってきたわ。若旦那、お元気なんですね」

「自分でもびっくりです。珠実さんが相手だと、すごく元気になってしまう」

「お世辞はいいんですよ。今のうちに欲求不満を解消してください。悪い女に冷静に対処できるように」

珠実はスポンジの泡を肉柱になすりつけ、さらに自分の乳房にも付着させた。

ぐっと胸のふくらみを押しつけるようにして、右手を肉柱に伸ばす。

石鹸ですべりやすくなった肉棹《にくざお》をしっかりと握りながら、大胆に擦ってくる。

ぬるぬるとしごきながら、自分も泡だらけの乳房を、芳彦の背中に擦りつけてくる。

「ああ、ダメだ。そんなことされたら、またしたくなりますよ」

「ふふっ、こちらを」

芳彦は座る向きを変えて、珠実のほうを向いた。丸々とした乳房を石鹸で白くさせた珠実が、右手で肉棹を握って、左手で芳彦の乳首をつまんだ。

くりっくりっと転がしながら、泡立って白くなった肉棹を握り、しごいてくる。

ぬるぬるした石鹸の感触が心地よい。いじられつづける乳首が疼《うず》く。

「いいですよ。触って」

珠実が芳彦の手を乳房に導いた。おずおずと揉むと、量感あふれるふくらみがすべりながら、形を変えて、赤い乳首だけが異質の硬さを伝えてくる。

芳彦はカチカチの乳首を捏ねる。

珠実はいっそう激しく屹立《きつりつ》を握りしごいてくるので、芳彦の下半身はまた強い欲望に満たされる。

「すみません。また、したくなりました」

「それじゃあ、若旦那のお部屋でしませんか。静かにしたら、バレないでしょ」

「……あ、ああ……そうしましょう」

「それでは、もう一度お湯につかって、温まってから部屋に行きましょうね」

珠実はシャワーヘッドをつかんで、芳彦の体の石鹸を洗い流し、自分の身体にもシャワーをかけた。

「見ないでくださいね」

後ろを向いてしゃがみ、指と股間をシャワーで洗った。

3

自分の部屋で、芳彦は窓際に腰をおろして、温泉街のシンボルとなっている三百六十五段の石段を眺めていた。

街灯が石段や両側に並んだ土産物屋、射的場《しゃてきじょう》などをぼんやりと浮かびあがらせている。さすがにこの遅い時間になると人影はない。

(俺はこの石段をずっと眺めて、育ってきたんだよな)

長男として生を受けたときから、この老舗旅館の跡継ぎとなる運命だった。それがいやで上京したのだが、結局戻ってきてしまった。それならば、もうやるしかない。番頭の柿崎を支配人として仰ぐのはいやだ。

この地方に滞在していた竹久夢二《たけひさゆめじ》の作詩した『宵待草《よいまちぐさ》』を何げなしに口ずさんでいると、珠実が入ってきた。帳場に異常がないか確かめに行っていたのだ。

「大丈夫でしたか？」

「ええ、問題はありませんでした。安井《やすい》さんに頼んであるから、しばらくは大丈夫です……『宵待草』ですか？」

「ええ、自然に……」

「切ない唄だわ」

「そうですね」

「いらしてください。あまり時間がありません。うちの旅館の事情はまた後ほどお話しします」

そう言って、珠実は後ろを向いて半幅帯《はんはばおび》を解き、ユニホームの着物を脱いだ。長襦袢《ながじゆばん》もすべり落として、最後に結っていた髪を解く。

頭を振ると、長い黒髪が揺れながらしだれ落ちて、肩に散った。それから、畳に敷いてある布団に潜り込んで、横を向く。

芳彦も裸になって布団に入り、後ろから女体を抱き寄せる。

温泉で芯から温まっている裸体は、触れているだけでも心地よい。美肌の湯と呼ばれる温泉に長くつかってきたせいか、肌はすべすべだ。

脇腹から尻にかけて、女体を撫《な》でさすると、

「んっ……ぁああっ……抱いてください」

珠実は自ら仰向《あおむ》けになって、下から潤んだ瞳で見あげてくる。

寂しいシングルマザー生活を送ってきたのだろう。実際、仲居頭という責任ある役職をこなし、母親として子育てもしなければいけないのだから、時間に追われて、男とつきあう暇などないと、容易に想像できる。

仕事に一生懸命な女性は好きだ。

芳彦は顔を寄せて、唇を重ねた。珠実もそれに応えて唇を開き、舌を出して、誘ってくる。

芳彦は舌をからめながら、乳房をつかんだ。なめらかで温かいふくらみを揉みしだき、頂上の突起を指先で捏ねると、

「んんんっ……ぁあうぅ」

珠実はキスできなくなったのか唇を離し、大きくのけぞった。

芳彦も先ほどの湯船での交わりで、セックスの仕方や悦びを思い出していた。

珠実が、長らく忘れていた性への執着《しゅうちゃく》をよみがえらせてくれたのだ。

芳彦はキスを首すじへとおろしていき、胸のふくらみを揉みしだき、乳輪の周囲を円を描くように舐める。

「ぁああ、焦らさないで、じかに舐めてください」

ねだるようにして、珠実が乳首を擦りつけてきた。

芳彦が触れるかどうかのタッチで、静かに乳首を舌でなぞりあげると、

「はあん……！」

珠実が大きく顔をのけぞらせる。

芳彦は左右のふくらみを両手で揉みあげつつ、片方の乳首を丁寧《ていねい》に舐める。

見る間に乳首が硬くなって、せりだしてくる。

赤ん坊に授乳したであろう乳首が勃起すると、急激に体積を増した。円柱形に

エレクトした乳首を、ゆっくりと上下左右に舌でなぞる。

「ぁああ、くうぅぅ……すごく感じる……はうぅぅ」

珠実はのけぞりながら、両手でシーツをつかんだ。

指が沈み込むほどにたわわで、青い血管の透け出た乳房は、芳彦を懐かしいような気持ちにさせる。

もう片方の乳首を吸い、舐めしゃぶるうちに、

「ああ、あそこも……舌で」

珠実は下腹部をもどかしそうにせりあげて、クンニを求めてくる。

期待に応えようと、芳彦は足の間にしゃがんだ。

「これを、腰の下に……腰枕をしたほうが、クンニしやすいんですよ」

珠実が、枕をつかんで、手渡してくる。

腰枕の効用は知っているが、実際に使ったことはなかった。

珠実はセックスを教えてくれているのだ。ならば、ここは素直に受け入れて、上手くなりたい。

別れた妻が浮気をしたのも、おそらく芳彦のセックスが下手で、性欲を満たしてあげられなかったからだ。

芳彦は蕎麦殻《そばがら》の入った枕を、珠実の腰の下に押し込んだ。それから、足を開かせると、確かに花芯の位置があがり、これだと舐めやすい。

(そうか、こんな簡単なことを、俺はできなかったんだな)

みずからの貧しいセックスライフを省《かえり》みながら、顔を寄せていく。

漆黒《しっこく》の濃い繊毛《せんもう》がびっしりと台形に下腹を覆い、その流れ込むあたりで、ふっくらとした女の花弁がひろがって、そぼ濡れた内部の粘膜がぬらぬらと光っている。

(やっぱり、オマ×コは特別だ。客観的に見たら、きれいじゃない。なのに、本能的に引きつけられてしまう。濡れているからか？)

もっと感じさせようと、大量の蜜をあふれさせている粘膜に舌を走らせる。

とろっとした内部が舌にからみついてきて、執拗《しつよう》に舐めあげると、

「ぁあうぅぅ……」

珠実は下腹部をせりあげて、両手でシーツをつかんだ。

何度も舌を往復させる。

「ああ、気持ちいいの。すごく、気持ちいい。蕩けそうよ」

珠実は顎《あご》を突きあげて、下腹部を擦りつけてくる。

（敏感な女性って、こんなに感じてくれるんだな。俺は相手に恵まれなかったんだろうか。それとも、やはりたんに俺が下手くそだったのか……）

いずれにしろ、今はセックスを学ぶのに、これ以上ない機会を珠実が与えてくれている。

芳彦はクリトリスに狙いを定めて、粘膜を舐めあげていき、その勢いのまま、肉芽《にくが》をピンと弾いた。

「はうんん……！」

珠実の腰が跳ねる。

やはり、珠実の急所はクリトリスらしい。

芳彦は肉芽を、唾液でべとべとにし、指で包皮を剝いた。

あらわになった肉真珠《にくしんじゅ》は珊瑚色《さんごいろ》にぬめり、おかめに似た形をしている。

しゃぶりついて、吸った。それから、舌を上下左右に高速に動かす。

「ああ、すごい……気持ちいい。気持ちいいの……ぁああ、へんになる。感じすぎて、へんになる」

珠実は、高揚したときの癖なのだろう、両手でシーツが浮かびあがるほどに握りしめて、今すぐ挿入して欲しいとでもいうように、黒いビロードが覆う恥丘《ちきゅう》をぐいぐいと擦りつける。

「芳彦さん、すごく、気持ちいい。でも、舌が硬くてつらいわ。クンニをするときは、舌に力を入れてはいけません。実際に自分の指を舐めてみてください」

呼び方が「若旦那」から「芳彦さん」に変わったのをうれしく思いつつ、指図されるままに、自分の指を舐めてみた。

脱力しているときの舌は、すべすべ、ぬるぬるしていて気持ちいい。だが、速く動かそうと力を込めると、確かに舌が硬くなり、また、ざらざら感も強くなって、まるでサンドペーパーで擦られているようだ。

「どう？」

「全然、違いますね。そうか、これでは痛いだけだ」

「わかってもらえればいいんです。舌は柔らかいままつかってください。女の身体は繊細《せんさい》なんです」

「目から鱗《うろこ》ですよ。やってみます」

芳彦は舌を、力を入れないようにして、柔らかく肉芽に走らせた。

舌先を尖らせて速く動かそうとすると、どうしても先端が硬くなってしまう。

これでは、敏感なクリトリスはこらえきれないだろう。

芳彦は深く反省して、舌全体をつかって肉芽をゆっくりと舐める。こうすれば、柔らかなまま舌が敏感な場所を擦るはずだ。舌をつかうときは、力を込めずに舌先をやさしく上下左右に動かすことを肝《きも》に銘《めい》じた。

芳彦は肉芽を頬張り、吸いながら、時々柔らかく舌をつかう。

力を入れるのと抜くのとでは、こんなに異なるものなのか。珠実の感じ方が明らかに違ってきた。

「ああ、気持ちいい……そうよ、上手よ。ねえ、そのまま指を入れて。一本でいいのよ」

うなずいて、芳彦は中指を花肉の入口に押しつけた。

すでにそこはとろとろに蕩けていて、ちょっと力を込めただけで、ぬるぬるっと嵌まり込んでいき、

「ぁあああ、くっ……！」

珠実が顎をせりあげる。

（すごい、締まってくる）

驚いた。中指といえば、ペニスよりはるかに細い。それなのに、入口が食いしめてきて、まったりとした粘膜も中指にまとわりついてくる。

芳彦はクリトリスを舐めながら、中指を抜き差しした。そのとき、珠実が言った。

「芳彦さん、中指を曲げて……そう。そのまま、第二関節より上の指の腹で、膣の天井を押しあげるようにして……そう、それが一番感じるのよ。Gスポットだから……そこをゆっくりと押しあげながら、手前に引くようにして……そうよ、それ……ああ、気持ちいい。一緒にクリも舐めてください」

芳彦は顔と手をくっつけるようにして、陰核を柔らかく舐め、同時に膣の天井を指の腹で擦りあげた。

しばらくつづけると効果覿面《てきめん》で、珠実の様子が逼迫《ひっぱく》してきた。

「ぁああ、感じる……ぁあああ」

珠実は指の動きにつれて、下腹部をぐいぐいせりあげる。

どろどろに蕩けた膣口から透明な蜜があふれて、芳彦の指ばかりか手のひらまで濡らした。

4

腰をくねらせていた珠実が、とろんとした目を向けてきた。

「ねえ、ちょうだい。芳彦さんのカチンカチンが欲しい」

芳彦は顔をあげて、珠実の両膝をすくいあげた。

むっちりとした太腿がハの字に開いて、漆黒の翳りの底に、女の証《あかし》が大輪を咲かせている。

ふっくらとした肉びらがひろがって、血のように赤い粘膜がおびただしい蜜をたたえて、妖《あや》しくぬめ光っている。

腰枕は入れたままだ。このほうが膣口の位置もよくわかる。

かつて何度しても、膣口の場所を正確につかめず、『違う。そこはお尻』と指摘されたことがある。

だが、こうすれば膣口の位置をはっきりとつかめる。

屹立を導いて、慎重に沈めていく。切っ先が狭い入口を突破していき、ぬるぬると嵌まり込んでいって、

「はうぅぅ……！」

珠実が両手でシーツをつかんで、顎を突きあげる。

（ああ、さっきよりずっと柔らかくて、気持ちいい！）

内部のとろとろの粘膜が波打ちながら、勃起を包み込んでくる。

「あっ、くっ……」

芳彦は両手で膝裏をつかんで、持ちあげながら、女性とひとつになった悦びに酔いしれる。

気持ち良すぎて、動かすのももったいない。じっとしていても、肉襞《にくひだ》が勝手にうねうねと肉柱にまとわりついてくる。

しかも、蕩けた粘膜はおさまった肉棹を時々、きゅい、きゅいっと奥へ吸い込もうとする。

「くうぅぅ……！」

芳彦は奥歯を食いしばって、暴発をこらえた。

さっきお風呂で射精していなければ、間違いなく放っていただろう。

しばらく、その姿勢でおさまるのを待った。それから、上体を立てたまま、慎重に抜き差しをはじめる。

ゆっくりと少しずつ押し込んでいくと、

「んっ、んっ……あっ、あんっ、あんっ……」

珠実は切っ先が奥へ届くたびに、生臭い声をあげ、手のひらで口をふさいだ。

それでも、抜き差しをつづけると、

「あんっ……あんっ……」

珠実は口から手を離し、両手を万歳《ばんざい》するようにあげ、布団の端をつかんだ。

打ち込むたびに、あらわになった乳房がぶるん、ぶるるんと縦揺れし、赤い乳首も縦に動く。

扇状に散った黒髪の中心で、ととのった顔が苦悶《くもん》と快楽の波間にただよい、その八の字に折り曲げられた眉と時々開く唇が、芳彦をかきたてる。

膝裏をつかんだ手に体重を乗せると、腰枕の上の下腹部がさらに上を向き、上から打ちおろす勃起と膣口の角度がぴたりと合って、挿入が深くなるのがわかる。

一体感が強くなり、女体の奥を深々と貫《つらぬ》いているという実感が湧きあがる。

(待てよ。確か、こういうときは)

芳彦も未熟とはいえ、すでに三十五歳。体位による腰のつかい方くらいはわかる。

上から打ちおろしておいて、途中からしゃくりあげる。すると、亀頭部が膣の奥へと向かいながら、上側のGスポットを擦りあげていき、

「ああ、すごい、すごい」

珠実が顎をせりあげた。

（よし、これでいい！）

膝裏をつかむ指に力を込めて、体重を乗せたストロークを打ち込んでいく。

いきなり射精しそうになって、動きを止めた。

とっさに体位を変える。

膝から手を離して、覆いかぶさっていく。右手を肩口から入れて、抱き寄せる。

唇を合わせると、珠実は貪《むさぼ》るようなキスを返して、ぎゅっと抱きついてきた。

肌が密着して、上の口と下の口でもつながっている。その一体感に酔いしれながら、舌をからませ、ゆるく腰をつかう。

「んんっ、んんんっ……ぁああ、気持ちいい！」

キスできなくなったのか、珠実は唇を離し、足を芳彦の腰にからめて、しがみついてくる。

芳彦はキスをおろしていき、背中を曲げて、乳首に貪りついた。吐きだして、静かに舐める。

さっき珠実に教えられたことを思い出して、舌の力を抜き、リラックスして突起に舌を這《は》わせる。

舌を尖らせないで、じっくりと根元から先まで、全体をつかって舐める。右手で乳房をつかみ、搾《しぼ》りあげるようにして、乳首を舐める。

「ぁああ、いいの。上手よ。舐め方がすごく上手くなった。ああ、感じる……感じるのよ」

珠実は喘ぎながら、芳彦の腰に巻きつけた足に力を込めて、濡れ溝を擦りつけてくる。

芳彦は唾液で湿らせた指で、カチンカチンの乳首を捏ねる。そうしながら、ゆるく肉柱を抜き差しする。

「ぁああ、これ、いい。もっと、深いところに……」

珠実がせがんできた。今にも泣き出さんばかりに眉根を寄せて、顎をせりあげている。

芳彦は上体を立てて、珠実の腰を左右からつかんで、持ちあげる。そのまま腰を支えて、強く打ち込む。

ブリッジしたように腰を浮かせた珠実は、背中を反らせて、

「あんっ……あんっ」

と、愛らしい声を放つ。

小柄な女は軽いので、セックスのときに扱いやすい。

背の低い女性は性欲が強いと聞いたことがある。真実はどうなのかはっきりとしないが、少なくとも珠実の場合は当てはまっている。

腰をつかみあげて、ブリッジさせながら、ずりゅっ、ずりゅっと打ち込んでいく。

「あんっ、あんっ……これ、気持ちいい……ああっ、いいところに当たっているの」

珠実がのけぞりながら、歓喜の声をあげる。

（よしよし、俺だって、やればできるじゃないか！）

感受性の強い女とやると、男はセックスに自信がつく。

芳彦は腰を支えながら、のけぞるようにして屹立を叩き込んだ。

「あんっ、あんっ……気持ちいい。おかしくなる。わたし、へんになる……」

珠実はブリッジしながら、両手でシーツをつかみ、下からとろんとした目で見あげてくる。

乱れた黒髪の一部が頬に張りつき、首すじから肩にかけて散っている。そして、肉棹の入り込んだ膣は、ひくひくとうごめきながら、締めつけてくる。

「ねえ、イキそう。わたし、またイク……イッていいですか？」

珠実が上気した顔を向ける。

「いいですよ。イッて」

芳彦には余裕がある。つづけざまにストロークを浴びせると、珠実は「イクっ」と一声発して、のけぞりながら、がくん、がくんと撥ねた。

5

気を遣《や》って、ぐったりしていた珠実が這うようにして、芳彦の間にしゃがみ、いまだいきりたっている肉柱を見た。

「すごい、頼りなさそうに見えて、ここはタフなんですね。見直しました。これなら、あと一回、いいですか？」

珠実がぼうっとした目で見あげてくる。

「ええ、もちろん」

芳彦は快諾する。はじめる前は正直、不安だった。だが今、芳彦の心身は自信に満ちあふれている。珠実が与えてくれたものだ。

珠実は自分の愛液が付着しているにもかかわらず、厭《いと》うことなく肉柱を頬張り、それをギンとさせると、向かい合う形でまたがってきた。

腰を落として、翳りの底に勢いを増した亀頭部をなすりつけ、ゆっくりと沈み込んでくる。

どろどろに蕩けた内部を分身が掻き分けていき、

「はあうぅぅ……」

珠実は凄艶《せいえん》に喘いで、上体をのけぞらせた。

がくん、がくんと裸身を揺らしていたが、やがて、両手を後ろに突いて、腰を前後に揺すりはじめる。

すごい光景だった。

大きくM字に開いた両腿の中心に芳彦の分身が嵌まり込み、珠実が腰を前後につかうたびに、濡れた肉柱が見え隠れする。

「ぁああ、いいの。芳彦さんのおチンチンがぐりぐりしてくる。お臍《へそ》に当たっているのよ。ぁあああうぅ」

珠実はあからさまなことを口にしながらも、もう止まらないとでもいうように、大きく腰を揺する。長年、美肌の湯につかりつづけてきたせいか、肌はきめ細かくすべすべだ。

小柄な割にはたわわな乳房と尖った乳首が、まともに目に飛び込んでくる。そして、珠実は後ろに黒髪を垂らして、

「ぁああ、いい……」

気持ち良さそうに顔をのけぞらせる。

蜜まみれの肉柱が黒々とした翳りの底に、ズブズブと埋まっている。

珠実は大胆に大股開きして、腰を激しく打ち振る。

(俺は今までで、一番いいセックスをしているんじゃないか)

支配人修業も嫁さがしも、まだはじまったばかりだが、珠実と合体できただけでも、会社を辞めた甲斐がある——そう思ってしまうほどのセックスだった。

珠実は上体を立てて、蹲踞《そんきょ》の姿勢で腰を縦に振りはじめた。芳彦の腹部をつかむようにして、尻をストン、ストンと落とし、

「あんっ、あんっ、あんっ」

喘ぎながら、乳房をぶるん、ぶるるんと揺らせる。

こうなると、芳彦も自分から動きたくなる。珠実の腰が落ちてくる瞬間を見計らって、ぐいと突きあげると、勃起が子宮口を打って、

「うはっ……！」

珠実は凄艶な声を洩らして、のけぞり、がくん、がくんと震える。

「ああ、ダメっ……そんなことしちゃ、ダメっ……ぁあああ、また……あんっ、あんっ、あんっ」

下から突きあげるたびに、珠実は獣染《けものじ》みた声を洩らして、顔を上げ下げする。

かるくイッたのだろうか、ばったりと前に倒れてきた。

それから、唇を合わせ、ねちねちと舌をからませながら、巧みに腰をつかって、肉棹を締めつけてくる。

芳彦も舌を受け止めながら、突きあげてやる。うっすらと汗ばんでいる背中と腰を抱き寄せながら、ぐいぐい突きあげる。

「んんん、んんんんっ……ぁあああ、いい！」

珠実は眉根を寄せて、泣きださんばかりの悩ましい顔を見せて、言った。

「ああ、恥ずかしい。わたし、またイキそうなの」

気を遣りそうになった珠実の上体を持ちあげ、芳彦も腹筋運動の要領で上半身を起こした。

向かい合う座位の形になり、視線が合うと、珠実がはにかむ。

芳彦は女性がはにかむのを見るのが好きだ。照れたように恥ずかしがると、なぜか愛おしくなる。

汗ばんでいる乳房をつかみ、揉みしだきながら、乳首を吸った。吸いながら、柔らかく舌を這わせるうちに、

「ああ、それ、気持ちいい」

珠実は両手で芳彦の肩につかまり、腰を揺すりはじめた。

芳彦も腰に手を添えて、動きを助ける。そうしながら、カチカチになった赤い乳首を舌でもてあそぶ。

「ぁああ、芳彦さん、上手よ。ああ、我慢できない」

そう言って、珠実は腰を強く前後に揺すって、濡れ溝を擦りつけてくる。

分身を揉み抜かれる快感に、芳彦は胸から顔を離して、両手を後ろに突いた。

すると、珠実はますます大きく腰を前後に振って、

「ああ、芳彦さんのおチンチンが奥をかき混ぜてくる……気持ちいい」

珠実はさかんに腰をぶんまわしていたが、いきなり、ぎゅっとしがみついてきて、耳元で囁《ささや》いた。

「ねえ、バックからして……わたし、バックが好きなんです」

「わ、わかった」

後背位は芳彦も嫌いではない。

珠実は立ちあがりながら結合を外し、緩慢な動作で布団に這った。

両肘《りょうひじ》と両膝を突いて、尻をぐいと突き出してくる。

身体が柔軟なのだろう、女豹《めひょう》のポーズが珠実にはよく似合った。

ほどよく締まったウエストから、発達した尻がイチョウの葉のように急峻な角度でひろがり、尻たぶの合間にはセピア色のアヌスが窄《すぼ》まっており、その下に蜜まみれの雌花《めばな》が妖しく咲き誇っている。

「あぁっ、あまり見ないで」

珠実は言葉とは裏腹に、せがむように、腰をくなり、くなりと揺する。

芳彦は真後ろに膝を突いて、いきりたちを押し当てる。

花芯が亀頭部を招き入れようとうごめいている。

切っ先が窮屈な肉の道を押し広げていき、

「ぁあああ……！」

珠実がシーツを掻きむしって、顔をのけぞらせる。

弓なりに反った背中や乱れた黒髪が、男心をかきたてる。

芳彦は腰を両手で引き寄せながら、徐々に打ち込みを強くしていく。

「あんっ、あんっ、あんっ」

甲高く喘いでいた珠実が、後ろを向いて言った。

「さっきも思ったんだけど、バックからすると、タマがクリにあたって、すごく気持ちいいの。芳彦さん、睾丸が大きくて、垂れているでしょ。そう言われたことない？」

「そういえば、確かに、あったかな……」

「本命の彼女が現れたら、バックからしたらいいわ。そうしたら、この大きなタマがメトロノームのように振れて、クリちゃんを直撃する。袋に包まれた睾丸の感触がちょうどいいのよ。これを体験した女性は癖になると思うの。タマ打ちよ。絶対に女性は気持ちいいと思う」

驚いたが、珠実が言うのだから、試してみる価値はありそうだ。

芳彦は実際にタマ打ちの効果を確かめてみようと、珠実の臀部《でんぶ》を両手で引き寄せ、腰をつかった。

徐々にやり方がわかってきた。短いストロークではさほど感じられないが、大きく激しく腰をつかうと、振り子のように揺れたキンタマが、ペチン、ペチンとどこかに当たっているのがわかる。

「ああ、それよ……今、ちょうどタマタマがクリに当たってるの。ぁあぁ、刺激的。気持ちいい……そのまま、もっとちょうだい」

珠実がぐいと尻を突き出してくる。

(よしよし、これでいいんだな)

大きくストロークすると、柱時計の振り子のように振れた睾丸が、ペチン、ペチンと女性器の上部を叩き、

「ああ、これよ……あんっ、あんっ……アソコもクリも両方気持ちいいの。すごいわ、これ、すごい……おかしくなる……イクわ。わたし、またイキます」

珠実がシーツを鷲《わし》づかみにして、ぐぐっと顔をのけぞらせる。

芳彦がこらえて、つづけざまに大きく打ち据えたとき、

「イクっ……！」

珠実が大きくのけぞって、がくんがくんと震えた。

気を遣ったのだ。しかも、芳彦はまだ放っていない。

芳彦は驚きとともに、スペシャルな充足感に満たされていた。すると、珠実がせがんできた。

「最後にひとつお願いしていい？」

「もちろん」

「石段街を見ながら、したいんです。ずっとそれが夢だったわ」

「面白そうだ。俺も初めてです」

芳彦はいったん結合を外した。

珠実がよろよろしながら、窓際に近づき、障子《しょうじ》を開けた。ガラス越しに石段が見える。珠実が窓枠の下に両手でつかまって、腰を突き出してきた。

石段街には人影がないから、見られることはないだろう。

蜜まみれの勃起を導いて、押し入れていく。それが根元まで埋まると、

「ああ、すごい……よく見えるわ」

珠実が感動の声をあげる。

下の方には公衆浴場の看板、前には足湯があり、上の方には湯の花饅頭の看板が見える。昼間はあれほど賑わっていた石段街も、今はひっそりと静まり返っている。

背中を上から押して、尻を突き出させ、徐々にストロークのピッチをあげる。

垂れさがった睾丸が揺れて、ペチン、ペチンとクリトリスを打ち、

「ああ、それ……あんっ、あんっ、あんっ……」

珠実が喘ぎをスタッカートさせる。

バックの立ちマンだから、いっそう睾丸が大きく、激しく揺れているのがわかる。

(俺はすごい秘密兵器を見つけた！)

足を踏ん張って、たてつづけに打ち込むと、キンタマが激しくクリトリスを叩き、珠実の洩らす喘ぎが逼迫してきた。

深く速い抜き差しで、芳彦も急激に高まっていく。

「ぁああ、イキそうです」

「俺も……」

「あんっ、あんっ、あんっ……イキますぅ」

珠実がのけぞり返った直後に、芳彦も熱い男液をしぶかせていた。

放ち終えたとき、男の酔っ払いが下駄の音を響かせて石段をおりてきたので、あわてて障子を閉めた。

第二章　惜別のタマ打ち攻め

1

夕食後、岸川芳彦は最上階にある菊の間へと階段をあがっていった。

菊の間は、ベランダに露天風呂がある最上級の部屋で、今夜は竹内玲奈《たけうちれいな》がひとりで泊まっている。

『あの方は現在、三十七歳の売り出し中の若手実業家で、投資家でもあります。じつは、うちに融資をしてくださるという話もうちうちに進んでおります。先方から、若旦那に逢いたいとおっしゃって……ですから、くれぐれも失礼のないようにお願いしますよ。もうご存じでしょうが、うちも苦しいんです。感染症が流《は》行《や》ったときの大打撃から脱しきれていないんです。竹内さまの援助があれば、うちも生き残れます。性格はキツくて、好き嫌いの激しい方です。くれぐれも嫌われないようにお願いしますよ。このとおりです』

番頭であり、今は支配人代理をしている柿崎に頭をさげられた。

経営が逼迫《ひっぱく》していることは、この二週間、帳簿を見て、理解している。

菊の間の前で立ち止まり、ひとつ深呼吸をしてドアをノックした。

「岸川ですが……」

と名乗ると、すぐに、

「開いてるわよ。どうぞ」

柔らかな女の声が返ってきた。

芳彦は「失礼いたします」と、丁寧《ていねい》にお辞儀をして、部屋に入る。

少し開いたサッシの前で、高級そうなスーツを身につけた美女が、電子タバコの煙をサッシの隙間から外になびかせながら、芳彦を値踏みするような目で見ていた。

「ゴメンなさい。わたし、ヘビースモーカーだから。支配人からは、ベランダでなら電子タバコを吸ってもいいと、お許しをもらっていたのよ。どうぞ、お座りになって」

玲奈は点滅している電子タバコをテーブルに置いて、ソファ椅子に腰をおろした。

芳彦は正面のソファに座りながらも、どこか気押《けお》されていた。

竹内玲奈が想像していたより、はるかに美人だったからだ。

かるくウエーブした髪、目鼻だちのくっきりした、冷徹なほどの美貌――。おまけに、すらりとしているのに、胸もヒップもデカい。

玲奈が、芳彦を値踏みするように見て、足を組んだ。すらりとした足の爪先がゆっくりと弧を描き、もう片方の足の上に乗せられる。

眼福《がんぷく》だった。膝上《ひざうえ》のタイトスカートの裾《すそ》がずりあがって、むっちりとした太腿《ふともも》が際どいところまでのぞいてしまっている。

そこに吸い寄せられそうになる視線を必死にあげると、玲奈のブルーがかった、目力《めぢから》の強いアーモンド形の瞳が待っていた。

「岸川さん、東京の商社にいらしたそうね」

玲奈が肘《ひじ》掛《か》けに両腕を乗せて、見つめてくる。

「ええ、大した会社じゃありませんが」

「F商事なら、大手じゃないの。お父さまが急逝《きゅうせい》なさって、旅館の跡継ぎを任されたってわけ？」

「……そうです」

「後悔していない？」

「……ええ、していません」

「なら、いいの。あなたのように経済のわかる人がトップに立てば、ここも安泰《あんたい》よね」

「どうでしょうか、商社と旅館の経営はまるで違いますから。やはり、先立つものがないと……」

「融資の件？」

「ええ……」

「そうね、どうしようかしら……ねえ、二人でそこのお風呂に入りましょうよ。融資をするなら、もう少しあなたという人間を知っておきたいの」

玲奈がまさかのことを言って、腰を浮かした。そして、目の前でスーツを脱ぎはじめた。

女実業家は背中を向けて、スーツを脱いでいく。スカートをおろすと、腰骨に引っかかった真紅《しんく》のハイレグパンティと、左右にはみ出した、つるつるの尻たぶがあらわになる。

美女の大胆すぎる行為に、芳彦は呆気にとられて、ただおろおろするばかりだった。

ブラウスを脱いだ玲奈がくるりと振り返って、芳彦をじっと見た。自信があるのだろう、まったく怯《ひる》むところがなく、むしろ見せつけている感じだ。

真紅のハーフブラが充実したふくらみを押しあげ、二等辺三角形のハイレグパンティが中心部をかろうじて隠している。

トレーニングジムやエステサロンなどに通っているのだろう。シェイプアップされた身体に、芳彦は圧倒された。

「あなたも入って……先にお湯につかっているから」

玲奈は背中を向けて、ブラジャーとパンティを脱ぎ、近くにあったタオルをつかんで、ベランダに出て行く。

芳彦は迷った。大いに迷った。

だが、最後は柿崎の『好き嫌いの激しい方です。くれぐれも嫌われないように』という言葉が背中を押した。

芳彦は急いで裸になり、タオルで前を隠して、ベランダに出る。

屋根のついたベランダには、御影石《みかげいし》でできた二人用の浴槽が備えつけてあり、前は開けているので、遠くに月明かりの照らす山際が浮びあがっている。

そして、掛け流しのお湯に、玲奈は肩までつかって、景色を眺めていた。

ウエーブヘアは濡れないようにアップにまとめられており、楚々《そそ》としたうなじとなだらかな肩の曲線が官能美をたたえている。

芳彦は無言でかけ湯をして、股間をよく洗った。

「入ってもよろしいですか？」

おずおずと訊《き》くと、

「当たり前じゃない」

芳彦は浴槽に入り、玲奈と対面する形で、部屋のほうを向いて腰をおろした。

「あなたが邪魔で、せっかくの景色がよく見えないわ」

「ああ、すみません。俺がそっちへ行って、玲奈さんがこちらに来て、外を向きますか？」

「面倒だから、このままでいいわ」

二人は向かい合って、浴槽に肩までつかっている。

そのとき、お湯のなかで、何かが足に触れた。ハッとして見ると、透明なお湯を通して、玲奈の白い足が芳彦に向かって伸びてきていた。

玲奈は微笑《ほほえ》みながら、大胆に距離を詰めてくる。

すらりとした足が芳彦の足の内側にすべり込み、ついには、股間のものに触れる。

思わず腰を引いた。だが、玲奈は、捕らえた獲物は逃がさないとでもいうように、追ってきた。

追いつめられた芳彦のイチモツを、玲奈は冷徹《れいてつ》な笑みを浮かべながら、足指で巧妙にタッチしてくる。

さっきから力を漲《みなぎ》らせつつあった肉茎が、むくむくと頭を擡《もた》げてきて、その硬くなった肉柱を、玲奈は親指と他の指で挟むようにして、擦《こす》ってくる。

分身を足コキされるのは初めてだ。

しなやかで細い手指と較べたら、太くて硬い足の指など大したことはないだろう――そう高をくくっていた。

だが、想像と実際されるのとでは、まったく違った。

足の硬めの荒々しいタッチが強い刺激をもたらすと、否応《いやおう》なしに対抗して分身がいきりたつ。

そして、玲奈は足コキしながら、芳彦の様子をうかがうようにアーモンド形の目で見つめてくる。

とのいすぎた美貌と足コキのギャップに、股間のものは完全勃起する。

玲奈が近づいてきて、お湯のなかに手を入れ、勃起《ぼっき》を握った。

ゆっくりと上下にしごきながら、芳彦を至近距離で見つめてくる。

「あなたのこと、気に入ったわ……この歳で独身って、ほんとうに寂しいものよ。社長だから、頼れる人もいないし、全部、自分で決めなくちゃいけないでしょ。たまには、息抜きしたくなる。いいでしょ？　今夜だけでいいの。甘えさせて」

玲奈は一転して、媚《こ》びるような表情を作り、芳彦の手をつかんで乳房に導いた。

これまで高飛車だった女実業家が、いきなり甘えてきた。

絵に描いたようなツンデレぶりだが、芳彦は魅了される。

(玲奈さんは自分の会社を持っているわけだし、俺を誘惑して、この若女将《わかおかみ》になっても何のメリットもない。だから、これは罠《わな》ではない。それに、うちの融資もかかっている。せっかく頼ってくれているのだから、ここは受け入れよう)

「玲奈さん、こっちに来て、景色を見ていてください」

芳彦は位置を入れ替わって、遠方を眺める玲奈の後ろから、慈《いつく》しむように抱きしめる。

「このほうが、景色が見えて、いいでしょう？」

「ええ、やさしいのね。気を遣《つか》える人、好きよ」

玲奈は右手を後ろにまわし、お湯のなかの肉柱をさがして、ぐっと握った。

芳彦は楚々としたうなじに見とれつつも、乳房をソフトに揉《も》む。

お湯から半分出た温かい乳房は柔らかくて、大きい。痩《や》せているのに、乳房はEカップはある。揉むたびに、巨乳がしなりながら、指に吸いついてくる。

「ああ、気持ちいいわ……こんなのひさしぶりよ」

そう言いながら、玲奈は背中を凭《もた》せかけてきた。

芳彦は揉んでおいて、中心の突起をとらえる。指の腹で挟んで、くりくりと転がすと、

「あっ、それ、ダメっ……ダメだったら……ぁあうぅ」

玲奈は、今までの言動からは想像できないような甘え声を出して、背中を預けてくる。そうしながら、後ろ手につかんだ肉柱を、握りしめる。

急速に硬くしこってきた乳首を、芳彦はつまんだり引っ張ったりする。突起を挟み、ねじりながら、トップをトントンとかるく叩いた。

「あっ、それ……ダメよ、ダメっ……気持ち良くなっちゃう……ああ、あうぅ」

玲奈は顔をのけぞらせて身悶《みもだ》えしながら、後ろ手につかんだ肉柱を情熱的に握りしごいてくる。

芳彦はうねりあがる甘い快感に酔いながらも、ふくらみを揉みしだき、うなじを舐《な》める。

「ああ、感じる……」

玲奈はうっとりした声を洩《も》らして背中を預けてくる。

芳彦は青木珠実に性の手ほどきを受けて、少しは上達しているはずだ。今なら、それなりに期待に応えられるかもしれない。

実家の旅館に戻ってきた当初は、おろおろするばかりで、たとえセックスをする機会があっても、絶対にこんなに落ちついた愛撫《あいぶ》はできなかっただろう。

右手をおろしていき、太腿の奥へとすべり込ませると、

「あっ……！」

玲奈がびくっとしながらも足を開いた。繊毛《せんもう》の奥に指を遊ばせると、お湯とは違うねっとりとした粘液が指にまとわりついてくる。

「ああ、感じる……」

玲奈はのけぞって、お湯のなかで、下腹部を指に擦りつけてきた。

2

「ねえ、クンニして」

玲奈が言って、湯船の角《すみ》に腰をおろした。

その現実離れした光景に息を呑《の》む。

美貌の女実業家が、部屋付き露天風呂のコーナーに尻を置き、直角に交わる縁《へり》に両足をあげている。

M字開脚されたすらりとした足の中心に、細長くととのえられた陰毛がきれいに残され、女体の向こうには月明かりに照らされた山々が見える。

こういうのを女体と自然の調和というのだろうか。いや、違う。自然はこの素晴らしい女体を際立たせる背景でしかない。

「して、舐めて」

玲奈が言う。その目がとろんと潤《うる》んでいる。

芳彦はお湯のなかを近づいていき、翳《かげ》りの底に顔を寄せた。モズクのような繊毛から、しずくが垂れている。

お湯から顔を出して、しずくごと翳りの底を舐めあげると、

「あんっ……！」

玲奈は女そのものの声を洩らして、びくっと内腿を引きつらせる。

やはり、そうだ。玲奈は普段は男を見下すような傲慢《ごうまん》な態度を取っているのに、いざとなると、一転して女そのものに豹変《ひょうへん》する。

芳彦は珠実の教えを守って、舌に力を込めずに、柔らかくしたまま、全体を舐める。

舌がぬるぬるっと這《は》いあがっていき、クリトリスに触れると、

「んんっ……」

玲奈はびくっとして、顔をのけぞらせる。

クリトリスが最大の性感帯なのだろうが、その前に本体をじっくりと舐めて、焦《じ》らしたい。

狭間《はざま》に何度も舌を走らせるうちに、肉びらがひろがって、内部の鮮紅色のぬめりが顔をのぞかせる。

ますます赤みを増し、お湯とは異なるぬめりを帯びたそこから、とろっとした蜜があふれだす。とろみを舌ですくいとっていくと、

「ああ、ねえ……クリを舐めて。お願い」

玲奈がせがんできた。

芳彦は右手の指で肉芽《にくが》の上を引きあげる。包皮が剝《む》けて、本体が転げ出てきた。

おかめみたいな顔をした本体が充血して、舌を欲しがっている。

期待に応えようと、肉真珠《にくしんじゅ》を舐めた。下からすくいあげるようにゆっくりとなぞりあげる。

「ぁああ、気持ちいい……あなた、セックスとは無縁の顔をしているのに、意外にやるのね。見直したわ」

玲奈がうれしいことを言う。芳彦はますます丹念《たんねん》に肉芽を舌でかわいがる。

力を抜いたままの舌でゆっくりとなぞりあげ、次は横に弾《はじ》く。いや、弾くというより、横になぞっていく。

そうしながら、片手をあげて、乳房をつかみ、突起を指で転がした。頂上をトントンと叩く。同時に、クリトリスを柔らかく舐め、時々吸う。

玲奈に気に入られて、資金を引き出すのが任務なのだから、芳彦も必死で、できるかぎりの力を使っている。

繰り返しているうちに、明らかに玲奈の気配がさしせまってきた。

ついには、直角に開いた太腿の奥に、芳彦の顔面を引き寄せ、ぐいぐいと濡れ溝を擦りつけながら、

「ねえ、欲しくなってきた。あなたのオチンポが欲しい」

本気でおねだりしてくる。

「その前に、俺のをしゃぶってくれませんか？」

芳彦はここまできたら、フェラチオしてくれるだろうと、高をくっていた。

だが、返ってきたのは冷たい言葉だった。

「誰に向かって言っているの。あんたごときの汚いオチンポをわたしがしゃぶるとでも思っているの。十年早いわよ。いいから、しなさい。早く！」

さっきまで従順なところを見せていたのに、フェラチオはまた別ということなのか。しかし、この急変についていけずに、分身がショボンとなりかけた。それをみずから握りしごいて、勃起度を取り戻す。

こちらに向かって尻を突き出している、玲奈のモデルのようにくびれたウエストをつかみ、勢いを取り戻した肉棹《にくざお》を沈み込ませていく。

入口をこじ開けた分身がぬるぬるっと嵌《は》まり込み、

「んっ……！」

玲奈はくぐもった声を洩らして、背中を弓なりに反《そ》らせる。

（あっ、くっ……これは！）

挿入《そうにゅう》した途端に、膣《ちつ》の粘膜が波打つようにして締めつけてくる。その緊縮力抜群のオマ×コに芳彦は奥歯を食いしばって、暴発をこらえる。

挿入時はそう感じなかったのに、今は入口も内部も、ぎゅっ、ぎゅっと締めつけてくる。

（こういうのを巾着《きんちゃく》と呼ぶのだろうな）

芳彦が締めつけに慣れようとじっとしていると、

「何してるのよ、焦らしているつもりなの。そんなのはいいから、早く突きなさいよ」

玲奈がぷりぷりとせかすように尻を振る。やはり、ちょっとでも気に食わないことがあると、高飛車な態度に戻るようだ。

ここですぐに射精したら、絶対にナメられる。しかし、ここまで言われて、ピストンしないわけにもいかない。

芳彦はゆっくりと腰を振る。いきりたっているものが双臀《そうでん》の奥をうがち、

「あっ……」

玲奈が気持ち良さそうな声をあげる。その哀切《あいせつ》な喘《あえ》ぎが芳彦に自信を取り戻させる。

（そうだ。俺にはタマ打ちがあるじゃないか。問題はそこまで大きくストロークして、どこまで、もつかだな）

芳彦は両手でウエストをつかみ寄せて、徐々に打ち込みのピッチをあげていく。

だが、玲奈は途中から声をあげるのをやめて、平然としている。きっと、こんなものなのか、と見くびられているのだ。

（クソッ、我慢してもっと激しく叩きつければ……）

強烈な締めつけをこらえて、さらにピッチをあげていく。腰を大きく振って、怒張《どちょう》を叩き込んだ。そのとき、

「あんっ……！」

玲奈がこれまでとは違った喘ぎを洩らした。

（よし、当たっているんだ！）

暴発をこらえて、さらに叩きつけた。おそらく、睾丸《こうがん》はお湯につかることによ

って、さらに垂れさがっているはずだ。その伸びたキンタマがペチン、ペチンとクリトリスを打って、

「あんっ、あんっ……ぁああ、何、これ？」

玲奈が怪訝《けげん》そうな顔を見せて、芳彦を振り返った。

「睾丸ですよ。キンタマが振り子のようにあなたのクリちゃんを打っているんです」

玲奈はまさかという顔をし、頭をさげて、股の下の結合部分を覗《のぞ》き込んでいる。

芳彦がつづけざまに腰をつかうと、睾丸が揺れて自分の下腹を叩くのが見えたようで、

「ああ、ほんとうだわ。信じられない。ウソでしょ？」

玲奈が首を横に振った。

「ウソじゃありませんよ。見てのとおりです。もっと強く打ちますよ」

芳彦は同じリズムで腰を叩きつける。すると、伸びた睾丸がメトロノームのように正確なリズムを刻《きざ》みながらクリトリスを叩き、

「ああ、ほんとうだわ。信じられない……こんなの信じられない……ぁあああ、

気持ちいいの。オマ×コとクリと両方攻めてくる。こんなの初めてよ……ああ、しないで……あんっ、あんっ、あんっ」

玲奈はシェイプアップされた裸体を大きくしならせて、甲高《かんだか》い喘ぎを洩らす。徐々に腰振りに力を込めると、猛《たけ》りたつものがずりゅっ、ずりゅっと女実業家のオマ×コに突き刺さり、深々とえぐりたてる。

同時に長く伸びた睾丸袋が大きな弧を描いて下腹部にぶち当たると、

「ぁああ……すごい、すごい……気持ちいい。もっと、もっとクリを強くぶって……お願いよ」

玲奈は、さしせまった声をあげて、いっそう尻を突き出してくる。

芳彦は悩んだ。もう少しで射精しそうだったからだ。後ろから乳房をつかんで愛撫をし、回復の時間を稼ごうかとも考えた。

しかし、緊縮力抜群の膣がそれを許してくれそうもない。もうこれ以上こらえるのは無理だ。

（ええい、どうせ出すなら、このまま一気にイッてもらおう……！）

芳彦は長期戦の予定を短期決戦に切り換えた。

足で踏ん張って、腰に力を込め、ぐいぐいと突きあげていく。

湯船のお湯がぴちゃぴちゃと波打って、そこに、睾丸がクリトリスを叩くペチン、ペチンという音が混ざり、喘いでいた玲奈の気配が変わった。

「あんっ、あんっ……ぁあああ、イクわ。わたし、イク……イキたいの。イカせて、お願い」

玲奈は湯船の縁をつかむ指に力を込め、尻を高々と持ちあげる。お湯で濡れ光る裸体がぶるぶると震えはじめた。

「俺もイキます、出しますよ」

「ああ、ちょうだい。中に出しても大丈夫よ。でも、その前にわたしをイカせなさい。イキそうなの。イカせて……」

「さあ、イッていいですよ」

言葉づかいはやさしく、動きは激しくして、つづけざまに打ち込んだ。

怒張が奥まで届いて、子宮口を打ち、同時に睾丸が肉芽を叩く。そして、玲奈は内股になって、震えている。

(そうら、イケよ！)

芳彦が放出覚悟で腰を打ち据《す》えたとき、

「イク、イク、イッちゃう……いやぁあああ！」

ベランダどころか夜空にも響きわたるような、クライマックスの声をあげて、玲奈はがくん、かくんと躍りあがる。

その落ちかかる腰をつかんで、止《とど》めの一撃を叩き込んだとき、芳彦もしぶかせていた。

熱い男液が噴き出る目も眩《くら》むような快感に、芳彦はのけぞる。そうしながら、駄目押しとばかりにもう一太刀《ひとたち》浴びせると、

「はぬぅん……！」

玲奈は息も絶え絶えにひと声洩らし、まるで自分が後ろから女を犯しているようにがくん、がくんと腰を前後に揺すりあげた。

それから、失神したみたいにへなへなっと湯船にへたり込む。

無色透明なお湯に白い裸身を沈ませ、玲奈は息を弾《はず》ませながら、ぐったりしていた。

3

部屋に戻ってからも、玲奈は貪欲《どんよく》に芳彦を、正確に言えば、芳彦のペニスを求めつづけた。

ベッドに芳彦を押し倒し、射精して力を失っている肉茎をしゃぶり、指でしごいて、元気を取り戻させようとしている。

さっきは、あれほどフェラチオを拒んでいたのがウソのように、情熱的に舌を走らせ、頬張《ほおば》って顔を打ち振った。

芳彦の分身が力を漲らせてくると、すぐさま玲奈は乗っかってきた。

猛りたつものを濡れ溝に擦りつけ、ゆっくりと沈み込んでくる。勃起がとろとろの体内を押し割って、奥へと潜り込み、

「ああ、くっ……」

玲奈はのけぞって、顎《あご》をせりあげる。

アップにしていた髪は解かれていて、のけぞった顔を緑の黒髪が半ば覆《おお》う姿は、見ているだけでもぞくぞくしてしまう。

これだけの美女で、女性実業家という地位もあるのだから、男などよりどりみどりだろう。

多くの男にとって高嶺《たかね》の花である美人実業家が、普段の仮面を脱ぎ捨て、欲しくてたまらないといった様子で腰を振る。

これまでほとんど女にモテなかった芳彦には、夢のような出来事だ。これもす

べて、仲居頭《なかいがしら》の青木珠実のお蔭である。彼女が「キンタマ打ち」を気づかさせてくれたから、今の自分がある。

その間にも、玲奈の腰が動きはじめた。

M字開脚した姿勢で、両手を腹に突き、やや前傾しながら、尻を持ちあげ、叩きつけてくる。

「んっ、んっ……あんっ！」

尻がぶち当たるたびに艶《なま》めかしい声を放ち、すっきりした眉《まゆ》を八の字に折る。

日頃、ジムで鍛えているのだろう。強靭《きょうじん》な太腿で身体を支え、大きくスクワットを繰り返して、切っ先が奥を打つたびに、

「あんっ、あんっ、あんっ……」

聞いているほうがおかしくなるような声をスタッカートさせる。

すらりとした体形の割には巨乳のふくらみが、ぶるん、ぶるるんと豪快に縦揺れしている。

玲奈は長い髪を躍らせて、激しく腰を上下させ、こうしたらもっと馴染《なじ》むとばかりに腰を大きくグラインドさせる。

さっき放っていなかったら、たちまち精液を搾《しぼ》り取られているだろう。

玲奈はきりりとした美貌を泣きださんばかりに歪《ゆが》めて、貪欲に腰を振っては、

「ぁああ、いいのよ。わたし、いつもと違う。どうしちゃったの？　あんっ、あんっ……いやああ、止まらない」

嬌声《きょうせい》をあげながら、腰をバウンドさせる。

尻がおりてくる瞬間を見計らって、ぐいと突きあげた。切っ先が深々と嵌まり込んでいって、

「ああ……信じられない。なかに入ってきた。あなたのオチンポが子宮を開いてくる」

玲奈は夢中になって腰を上げ下げする。

今だとばかりに、芳彦は両腿を手で支え、下から突きあげてやる。

ぐい、ぐい、ぐいっと連続して打ちあげると、

「ああ、ウソっ……無理、無理、無理よ……子宮が壊れるぅ！　やっ、やっ、やっ……」

玲奈は美貌を歪めて、顔を左右に振る。芳彦が追い討ちをかけたとき、

「ダメ、ダメ、ダメっ」

玲奈は自ら腰を浮かした。

這って逃げようとする。

芳彦は玲奈の腰をつかんで、引き寄せた。

ハート形に張りつめている尻たぶの底に狙いをつけて、猛りたつものを押し込んでいく。

「はうぅぅ……！」

玲奈は背中をしならせて、目の前の枕をつかんだ。

ここは、ふたたびタマ打ちを使おう。

その助走として、かるく腰をつかう。浅瀬を短いピストンで擦りつづけると、

「ぁああ、焦らさないで」

玲奈が一転して、尻を突き出してきた。両膝を大きく開いたので、尻の位置がさがり、タマ打ちの準備はととのった。

だが、その前にできるだけ焦らしたい。必殺技はフィニッシュで使いたい。

芳彦はぐっと前に屈み、乳房をとらえた。圧倒的な量感を誇るふくらみを揉みしだき、乳首をつまんで転がす。

「ああっ、イキたいのに、意地悪な人ね。ぁああ、そこ……くっ、くっ、はうぅ」

乳首を捏《こ》ねるたびに、玲奈はもどかしそうに腰を揺すって、せがんでくる。

(まだだ、もっと焦らそう)

芳彦は辛抱強く乳首を指で転がし、トントンと叩く。

玲奈の乳首はいっそうカチンカチンになり、その硬さを目の当たりにして、芳彦は自信と余裕がいっそう深まる。

芳彦は乳首を捏ねながら、背中を舐めてやる。左右の肩甲骨《けんこうこつ》が作る深い窪《くぼ》みを、舌を柔らかく保ったまま、ツーッ、ツーッと舐めあげる。

「あはーん……」

きっと、ぞくぞく感が背筋を這いあがっているのだろう。膣がぎゅっと締まって、勃起を締めつけてくる。

芳彦は膣締めの快感に酔いながら、さらに、舐めあげて、うなじにキスをする。髪の生え際にキスをし、スーッ、スーッと舌を走らせる。

「ぁあぅぅ……イキたいの……ちょうだい。アレをして」

玲奈がせがんでくる。

「えっ、何ですか?」

「アレよ。アレで、あそこをぶって」

「アレじゃわかりませんね」

「ああ、キンタマでわたしのクリをぶって……」

「わかりました。投資の件、お願いしますよ」

念を押して、芳彦は腰を叩きつける。くびれたウエストをつかみ寄せて、徐々に大きなストロークに切り換えていく。

勃起が膣を擦りあげ、振り子のように揺れた睾丸が女陰《じょいん》の上部にぶち当たって、

「あんっ……ああ、これよ、これ……」

玲奈が嬉々《きき》として言う。

芳彦も一気にストロークを強める。肉柱が深々と体内をえぐっていき、同時に睾丸がクリトリスを叩き、

「ああ、クリが悦《よろこ》んでる。あんっ、あんっ、あんっ……ああ、ウソ……わたし、もうイキそうなの。いいの、イッていいの？」

「いいんですよ。イッてください」

まったりとからみついてくる熱い粘膜を押し広げるように叩き込むと、芳彦も急激に押しあげられる。

「あんっ、あんっ、あんっ……ぁああ、ウソみたい。わたし、またイク……ぁあ
ああ、イッちゃう！」
芳彦が止めとばかりに睾丸を叩きつけたとき、
「イクぅ……！」
玲奈はこれ以上無理というところまでのけぞって、精根尽き果てたように崩れ
落ちていった。

4

竹内玲奈は芳彦を気に入ったようで、数回の情事を重ねた後には、『あなたと結婚してあげてもいいわよ。若女将になるのも悪くはないし』と逆プロポーズするまでになった。

芳彦も、玲奈のツンデレぶりにギャップ燃えして、それも悪くはないと考えるまでに至った。

その前に仲居頭の珠実に相談しようと、自分の部屋に呼んで、「じつは……」と持ちかけてみた。すると珠実は、

「そんな大切な話、なぜもっと早く打ち明けてくれなかったんですか。何でも相

談するように言いましたよね！」

と、柳眉《りゅうび》を逆立てた。それから、眉をひそめて、

「竹内玲奈はダメです」

「ダメって……どうして？」

「あそこの会社、上手くいってなくて、倒産寸前なんですよ」

寝耳に水だった。

「だけど、柿崎さんは彼女との間に融資の話が進んでいると言ってたけど？」

「番頭には気をつけてと言わなかった？」

確かに、情事の後に珠実からは、『柿崎はあなたを追い出したいと考えているんだから、充分に気をつけて』というアドバイスを受けていた。

「融資なんて、大ウソ。芳彦さん、ハメられたのよ。じつは、柿崎と竹内玲奈は裏で組んでいるの。若い仲居が二人の話を偶然聞いて、それを教えてくれたのよ。失敗したわ。あなたにもっと早く教えておけばよかった」

珠実が唇を嚙《か》んだ。

「だいたい、倒産寸前の会社の社長が、融資なんてあり得ないわ。芳彦さん、番頭に騙《だま》されたんだわ。竹内玲奈は最初から、うちの若女将になりたくて、芳彦さ

んに近づいたのよ。結婚して若女将になったら、番頭と組んで、あなたを追い出すつもりだったのよ」

芳彦は言葉を失った。

振り返ってみると、確かに玲奈は初対面の自分と、いとも簡単に交わった。モテない自分に、美貌の女実業家が、そうやすやすとなびくわけがない。

たまらずに訊いた。

「どうしよう？」

「まだ結婚の約束をしたわけじゃないんでしょ？」

「ああ、もちろん」

「だったら、簡単ですよ。今からでも遅くはない。別れればいいんです。きっぱりと縁を切るんです。別れられますよね？」

「……ああ」

あのツンデレと素晴らしい肉体を手放すのは惜しいが、旅館の将来がかかっているのだ。

「別れるよ、きっぱりと」

「そうしてください。大丈夫。芳彦さんには絶対に相応《ふさわ》しい人が現れます。それに、女を抱きたくなったら、わたしがいます。わたしじゃ、不満ですか？」

「いや、それはない」

「だったら……」

　珠実は芳彦の手を取り、仲居の着物の前身頃《まえみごろ》をはだけて、太腿の奥に導いた。

　なぜかパンティを穿《は》いていなかった。柔らかな繊毛の流れ込むところをなぞると、そこがすぐに潤《うるお》ってきて、ぐちゅぐちゅとぐもった粘着音を立てる。

「ほら、すぐに濡れてきたでしょ？」

「ああ……」

「若旦那を誘惑しようとしている女は多いんですよ。これからは、女性を抱く前に必ずわたしに相談してください。相応しくないときは、代わりにわたしが芳彦さんの相手をしますから」

「……わかったよ」

「今回は事前に伝えておかなかった、わたしも悪いんです。竹内玲奈を忘れさせてあげますね」

　珠実は前にしゃがみ、芳彦の着物の前をはだけて、ブリーフをおろし、陰茎を鼻でツンツンし、舐めあげてくる。

ダメージから回復して、むくむくと頭を擡げてくる肉柱を頬張り、一気に根元まで唇をすべらせる。

その夜、芳彦は珠実の口中に白濁液を放った。

数日後、芳彦は旅館の露天風呂付き部屋に玲奈を呼び出して、別れを切り出した。

「すまないが、結婚はできない。別れてくれ」

ソファに腰をおろしている玲奈の前に、芳彦は正座して額《ひたい》を床に擦りつけた。

「はっ？」

玲奈はすぐには理解できないようだったが、怪訝そうな表情で言った。

「どうして？」

「悪いが、きみの会社の状態を調べさせてもらった。倒産寸前だという噂を聞いたからだ。調査の結果、やはり、借金がほぼ限度額に達していることがわかった。きみはそれを隠蔽《いんぺい》して、俺とつきあった。融資の話も、柿崎さんとでっちあげた絵空事《えそらごと》だった。つまり、きみは俺を騙して結婚し、うちの若女将になろうとした。そして、俺を追い出して、柿崎さんとともにうちを乗っ取るつもりだった。この旅館を担保にすれば、それなりの資金を借りられるからね……詐欺師《さぎし》とはもう金輪際《こんりんざい》、逢うことはできない。さようなら」

言うべきことを口にして、芳彦は立ちあがった。

「しかし、きみにはいい思いをさせてもらった。せめてものお礼だ。今夜は泊まっていってくれ」

芳彦はくるりと踵《きびす》を返した。歩きだそうとすると、

「待って」

玲奈が近づいてきて、後ろから抱きついてきた。

「ゴメンなさい。どうしようもなかったの……言い訳はしないわ。でも、このまま別れるのはいや。あなたのことが好きなの」

「もうウソはいい。きみは俺のことなんか、これっぽっちも好きじゃない。いい加減にしてくれ」

芳彦が振りほどこうとしたとき、玲奈がすがりついてきた。

「ウソじゃないの。最初は演技だったわ。でも、途中から芳彦さんが好きになった。ほんとうよ、信じて」

「もう、いい！」

「わかったわ。あなたのことは諦める。でも、最後にもう一度、抱いて。そのために、今夜、部屋を取ってくれたんじゃないの？」

ギクッとした。確かに、そういう下心が多少はあった。

芳彦が動揺したのがわかったのだろう。玲奈は前にまわって、正面から抱きついてきた。

今日はいつもとは違う、胸元が大きく開いたドレッシーなワンピースを着ていた。グレープフルーツほどもありそうな乳房が鋭く切れ込んだ胸元からのぞき、フローラル系の奥の深い芳香《ほうこう》が、ふわっと包み込んでくる。

「あなたを引き止めるためじゃないのよ。つきあうのは諦めたわ。でも、最後に最高のセックスをしたいの。ほんとうのわたしを知りたくない？」

「これまでは、ほんとうのきみじゃなかったのか？」

「そうよ。愛されようと猫をかぶっていたから。でも、ほんとうのわたしはあんなものじゃないわ。最後に、わたしの正体を知りたくない？」

正直、心が動いた。ズボンの下の分身も、むっくりと頭を擡げる気配がある。

「最後にもう一度だけして」

「写真とか撮るつもりじゃ、ないだろうね？」

「まさか……そんなことしないわ」

玲奈は半ばのぞいている双乳を押しつけ、ズボン越しに勃起と睾丸を触りながら、

「最後にあなたのコレをとことん味わいたいの」

耳元で甘く囁《ささや》いた。

(今更、どうなるものでもない。だが……俺ももう一度したい)

欲望が勝った。吉彦はワンピースの張りつく腰をぐいと抱き寄せた。

すると、玲奈が耳元で言った。

「そこに座って、わたしを見ていて」

芳彦がソファ椅子に腰をおろすのを確認して、玲奈はワンピースを脱ぎはじめた。

驚いた。下には、赤いシースルーのスリップをつけていた。赤いパンティはレース越しに透けて見えるものの、ブラジャーはつけていないのか、肌色の乳房と頂上の突起が、透《す》けだしている。

「今夜は招待されたから、特別にこういう格好をしてきたのよ」

玲奈は婉然《えんぜん》と微笑んで、芳彦の正面のソファ椅子に腰をおろした。

足を組んだので、スリップの裾がたくしあがって、大理石のような光沢を放つ太腿が付け根までのぞき、芳彦の視線もついついその際どいところに引き寄せられてしまう。

すると、玲奈は微笑みながら、赤いスリップの肩紐をつまんで、一本、また一本と外し、腰までおろした。

まるで、ストリッパーだった。玲奈は明らかに見せつけているのだ。

細身の体形とはアンバランスな巨乳がこぼれでてくると、玲奈は腕を交差させて乳房をつかんだ。静かに揉みあげながら、じっと芳彦を見つめている。爪に赤いマニキュアがされた指で突起をつまんで、くりっ、くりっと転がし、

「あっ……！」

抑えきれない喘ぎを洩らした。

それから、組んでいた足を解いて、左右の膝をひろげていく。

肌色のパンティストッキングに包まれた太腿がひろがるにつれて、赤いハイレグパンティが目に飛び込んできた。

足をほぼ直角に開くと、玲奈は右手をおろしていき、パンティストッキングの張りつく股間をゆっくりとなぞり、

「ぁあぅぅ……」

と、顔をのけぞらせた。

さらに、乳房を荒々しく揉みしだき、クリトリスのあたりをくるくるとまわし揉みする。

ひろがっていた足は快感の上昇そのままに、鈍角《どんかく》になるまで開かれている。

玲奈は乳輪のひろい乳首を指で強めに捏ね、太腿の奥を掻きむしるようにいじりながら、

「ねえ、きて……パンストを破って。ほんとうのわたしを見せると言ったでしょ？」

目を細めて、誘うように芳彦を見た。

芳彦も、別れるにしても、ほんとうの玲奈の姿を知っておきたい。

芳彦は立ちあがって、玲奈の前にしゃがんだ。

「こういうのは初めて？」

「ああ……」

「大丈夫。思い切り力を入れたら、裂けるから」

芳彦はベージュのストッキングを両手でつかんで、左右に引いた。

だが、想像以上に伸びがよくて、上手く破れない。

焦《あせ》りつつも、さらに強く引っ張ると、ビリッと小さな裂け目ができた。

「ああ、感じる。もっと乱暴にして。ビリビリになるまで破ってよぉ」

玲奈が何かにとり憑《つ》かれたような目でせがんでくる。

(よし、もっとだな)

破れ目に指を入れて、左右に引っ張ると、
ビリビリッ……!

乾いた音とともに裂け目がひろがり、ついには、股間を中心とした大きな楕円《だえん》形《けい》の開口部ができた。

内腿の肌と三角形をなす赤いパンティが、じかに目に飛び込んでくる。

「もっとして、乱暴にして」

玲奈は喘ぐように言って、足を大きく開き、赤いパンティの食い込む下腹部をせりあげてくる。

5

どうやら、玲奈は多少強引なセックスのほうが感じるようだ。

ほんとうのわたしを見せると言われたとき、玲奈の性格からみて、女王様的なセックスをするのではないかと予想した。

だが、違った。その逆だったのだ。

芳彦はパンティの基底部をつかんで、ぐいと引っ張りあげた。赤い紐のようによじれた基底部が、ふっくらとした肉丘を深々と割って、

「あうぅぅ……」

玲奈ががくんと頭を後ろに撥《は》ねあげる。

眉根を寄せて苦悶《くもん》の表情を見せながらも、玲奈はどこかうつろな目をしている。

芳彦がパンティを引っ張りあげながら左右に揺すると、よじれた布地が花肉を割りながら、ねちゃねちゃと音を立てて、

「ぁあああ、許して……もう許して……あうぅぅ」

玲奈は恍惚《こうこつ》として、目がとろんとしてきた。

その頃には、芳彦のイチモツもぎんぎんになっている。

立ちあがって命じた。

「俺のをしゃぶりなさい」

玲奈は素直にうなずいて前にしゃがんだ。正座の姿勢から腰をあげて、芳彦のものをかるくつかんだ。

腹部に押しつけ、あらわになった裏筋を、下からツーッ、ツーッと舐めあげてくる。

「くっ……！」

なめらかな舌が裏筋を這いあがるぞくぞく感に、思わず呻いていた。

すると、玲奈は黒髪をかきあげて、見あげながら姿勢を低くし、睾丸袋に顔を寄せる。

舌を出して、睾丸袋の皺《しわ》のひとつひとつを伸ばすかのように丹念になぞりあげる。そうしながら、右手で握った本体をぎゅっ、ぎゅっとしごいてくる。

芳彦を見あげる目は爛々《らんらん》として、まるで獲物を仕留めにかかる女豹《めひょう》のようだ。

(そうか……たんなるマゾという訳ではないんだな)

次の瞬間、まさかのことが起こった。

片方の睾丸がものの見事になくなった――いや、玲奈がキンタマを頬張ったのだった。

(こんなことまで……！)

初体験に戸惑っている間にも、玲奈は口腔《こうこう》におさめたキンタマを唾音を立てて啜《すす》り、舌をからませてくる。

さらに、ウエーブヘアをかきあげながら、ブルーがかった瞳で見あげてきた。握った肉柱を横にずらし、そこから芳彦を見あげて、目元に笑みさえ浮かべている。

玲奈が美貌の持ち主だけに、妖艶《ようえん》さが際立って、芳彦は心を持っていかれそうになる。

すると、玲奈は睾丸を吐きだして、もうひとつのタマを頬張った。

同じようにもぐもぐして、睾丸をこれ以上無理というところまで引っ張って、ニタッとする。

美しい女豹は二つの睾丸を唾液でべとべとにすると、さらに潜り込んで、睾丸とアヌスの間の筋に舌を走らせる。

（ここがこんなに感じるとは……！）

ちょっとずれれば、肛門《こうもん》である。玲奈はそのぎりぎりのところで会陰《えいん》を舐めつつ、肉茎を握りしごく。

芳彦も気持ちいい。しかし、さすがに肛門は舐められたくない。

「そこは、もういい」

命じると、玲奈はようやく顔をあげて、裏筋をツーッと舐めあげてきた。

そのまま、勃起の先端に唇をかぶせてくる。数度しごいてから、吐きだして、亀頭冠《きとうかん》の真裏にちろちろと舌を走らせる。

舐めながら、黒曜石《こくようせき》のような瞳で見あげてきた。

仁王立《におうだ》ちする芳彦の前にしゃがみ、玲奈は怒張を頬張り、ゆっくりと顔を振る。

そのたびに、柔らかな唇が適度に本体を締めつけながらすべって、芳彦もたまらなくなる。

右手が持ちあがって、根元を握った。乳搾《ちちしぼ》りでもするように本体を搾りあげながら、顔を打ち振る。

亀頭冠を中心に小刻みに唇をすべらせ、同じリズムで根元を握りしごいてくる。

左手も動員して、睾丸をやわやわとあやしている。

美人社長が乳房もあらわに、プライドをかなぐり捨てて、一生懸命にご奉仕をする。

その姿に、芳彦は胸を打たれた。

ストロークのピッチがあがり、ジュルル、ジュルルと肉柱を啜りあげながら、指と唇でしごいてくる。

「ああ、ダメだ。出そうだ」

芳彦が思わず言うと、玲奈はちゅっぱっと吐きだして、立ちあがった。

スリップを脱いで、パンティストッキングとともに赤いハイレグもおろして、足先から抜き取った。

一糸まとわぬ姿の玲奈は、溜め息が出るほどに官能美をたたえている。唐突《とうとつ》に玲奈が言った。

「手を縛ってください」

両手を前に差し出してくる。芳彦がびっくりしていると、

「ほんとうなの。縛られたほうが感じるのよ」

玲奈が恥《は》ずかしそうに言って、上目遣《うわめづか》いに芳彦を見た。

芳彦は浴衣《ゆかた》の腰紐を取り出して、玲奈の手首を合わせ、護送される囚人のように、左右の手首をひとつにくくる。

すると、玲奈は力が抜けたのか、ぐったりとベッドに座り込んだ。

(やはり、マゾなんだな)

芳彦も全裸になって、玲奈をベッドに仰向《あおむ》けにさせる。

するとと、玲奈はひとつにくくられた両手を頭の上におろして、ぼうっとした目で見あげてくる。

出るべきところは出た抜群のプロポーションに圧倒されながら、上から乳房をつかんだ。Eカップのふくらみを荒々しく揉みしだくと、

「んんっ……ぁあぁうぅ、いいの……あぁあ、もっと強くして、強く……」

玲奈が煽《あお》ってくる。

(よし、もっとだな)

芳彦は乳房の形が変わるほど揉みしだきながら、腋《わき》の下に顔を寄せた。

きれいに剃《そ》られた腋はわずかに変色して、汗をかいていた。汗の仄《ほの》かな芳香を感じながら、二の腕と脇腹の境に舌を走らせると、

「ぁあぁ、そこはいやぁ……いやだって言ってるのに。あっ、ああっ……はうぅ」

玲奈は大きく顔をそむけながらも、腋を閉じようとする。だが、両手をくくられていて、それができない。

芳彦は縛った手を上から押さえつけながら、腋窩《えきか》から二の腕にかけて、舐めあげていく。

「はうん……！」

玲奈のきめ細かな肌がザーッと粟立《あわだ》って、全身がぶるぶると震えはじめた。

芳彦は腋から二の腕へと舌を走らせながら、乳房をぐいぐいと揉みしだき、頂上を指で捏ねる。

「ああ、お願い……オマ×コを触って。乳首を吸いながら、オマ×コに指をぶっ刺して、ぐちゅぐちゅしてぇ」

玲奈がもどかしそうに下腹部をせりあげる。

「堪《こら》え性のない人だな。ダメじゃないか。こんな美人が破廉恥《はれんち》なことを言っては」

言葉でなぶりながら、乳首に吸いつくと、

「ぁああ、それ！」

玲奈がのけぞり返った。

それを見て、芳彦は乳首を舐めしゃぶりながら、右手をおろし、中指を膣肉に差し込んでいく。

「ぁああ、いいのよぉ……！」

玲奈が感極まった声をあげる。

両手を頭上でひとつにくくられているので、腋の下も乳房も丸見えだ。

中指を激しく抜き差しすると、玲奈は動きにつれて下腹部をせりあげ、まわしながら、

「ああ、ちょうだい……あなたのオチンポが欲しい。わたしをメチャクチャにして……」

半泣きで訴えてくる。

芳彦は指を抜いて、両膝をすくいあげた。

真っ赤な内部をさらす膣口に狙いをつけて、一気に押し込んでいく。

ギンとした肉柱が熱く滾《たぎ》る肉のトンネルをこじ開けていって、

「はうぅ……！」

玲奈は顎を高々とせりあげる。

緊縮力抜群の膣が、芳彦自身をぎゅっ、ぎゅっと締めつけてくる。その包容力に酔いながら、両膝の裏をつかんで、押し広げながら、打ち込んでいく。

（ああ、玲奈のここはいつも具合がいい！）

美貌と知性を持ちながら、女性器も具合がいい。これほど完全無欠な女はいない。だが、残念なことに、人格という一番大切なものが欠けている。

(妙なことを考えなければ、うちの若女将だって務められただろうに……)

芳彦は奥歯を食いしばって、硬直を打ち込んでいく。

上から打ちおろしつつも、途中からすくいあげる。こうしたほうが、女性は感じる。そのくらいはわかる。

次第に強くしていくと、カリクビがGスポットをずりゅっ、ずりゅと擦りあげていき、

「ぁあああ、すごい……そこよ、そこ……当たっているの。オチンポがいいところに当たっているのよ」

玲奈は腋の下をさらし、たわわすぎる乳房をぶるん、ぶるるんと縦揺れさせて、どうしていいのかわからないといった様子で、仄白い喉元《のどもと》をさらしたまま、顔を激しく左右に振る。

この状態で、芳彦の大きな皺袋はどこを打っているのだろう。

「キンタマはどこに当たってる?」

「お尻よ。お尻の穴……」

「気持ちいいか？」

「ええ……でも、クリほどでもないわ」

「そうか……」

やはり、タマ打ちが最も効果を発揮するのは、バックの体位のようだ。だが、それはフィニッシュ時まで取っておきたい。

芳彦は足から手を離して、前に屈んだ。腕立て伏せの形で腰を叩きつけると、

「あんっ……あんっ……」

玲奈はひとつにくくられた両手を頭上に置いたまま、足を腰にからませてくる。

芳彦は、扇のようにひろがった黒髪の中心で、美貌を歪ませる玲奈を見ながら、訊いた。

「もっと、荒っぽくしてほしいんだな？」

「ええ……もっと、イジめて。いけないわたしを木っ端《こぱ》みじんにして。立ち直れなくなるまで、メチャクチャにして」

玲奈がぼうっとした目を向けてくる。

芳彦は顔を寄せて、その唇を奪った。キスをしながら、赤く染まった乳房を荒々しく揉みしだく。

「んんっ、んんんっ……」

玲奈はくぐもった声を洩らしながら、情熱的に舌をからめてくる。

芳彦がその舌を甘噛みして、強いストロークを浴びせると、玲奈は頭上にあげていた手で芳彦の頭部を抱き寄せた。

芳彦はキスをやめて、乳房をぐいとつかんだ。握り潰さんばかりに力を込めると、指先がたわわな肉に食い込んで、

「ぁああ、いいの！」

玲奈が顔をのけぞらせる。芳彦は乳首をつまんで、少し強めに、ぐりぐりと捏ねる。そうしながら、激しく腰を叩きつけると、

「ぁああ、わたし、犯されてる。犯されてるのよ……あんっ、あんっ、あんっ」

玲奈は甲高く喘いだ。

「きみは無理やりされても感じるんだ。犯されたほうが感じるとは、どＭなんだね」

「そうよ。わたし、ほんとうはどＭなの。イジめて。徹底的に貶《おとし》めてよ」

玲奈が感極まったように言う。芳彦を見つめる目は、ぼうっとして焦点が合っていない。

その妖《あや》しい目が芳彦を異様な昂《たかぶ》りに導く。

折り重なっていき、唇を奪った。唾液をとろとろと押し出すと、玲奈はそれを美味しそうに、こくっ、こくっと呑《の》んだ。

芳彦は唾液を呑ませながら、腰を振って、硬直を打ち込んでいく。

「んっ……んっ……ぁあああ、もうダメっ……イキたいの。イカせてください」

玲奈は唇を離して、潤みきった瞳を向けてくる。

「バックでタマ打ちされたいんだな？」

「はい……して。大きなキンタマでわたしをぶって」

「ダメだ。まだだ。このままイッたら、そのご褒美《ほうび》として、してあげるよ。どうされたら、イケる？」

「……足を肩にかけて、ぐっと前に」

「こうだな」

芳彦はすらりとした足を両肩にかけて、前に屈んだ。

玲奈の腰がV字をなすまで曲がって、芳彦の顔の真下に、玲奈の顔が見える。

体重をかけられて、つらそうに眉根を寄せている。

「苦しいんだな？」

「ええ……苦しい」

「苦しいのが好きなんだな？」

「……苦しみがわたしの快感へのスイッチを押すのよ。光の道が見えてくる。光がわたしを包むのよ」

玲奈が潤みきった目を向ける。

芳彦は両手をベッドに突いて、体重を乗せたストロークを上から叩き込む。膣と勃起の角度がぴたりと合って、切っ先が奥まで潜り込んでいき、

「あんっ……あんっ……」

玲奈は大きく顔をのけぞらせる。

たわわすぎる乳房が豪快に揺れて、打ち込むたびに、ずりあがっていく。ヘッドボードに頭がつきそうな玲奈を力ずくで引き戻し、また打ち据えていく。

イチモツが深々と体内をえぐっているのがわかる。

切っ先が子宮口に届き、そのたびに玲奈は艶めかしい声をあげて、ひとつにくくられた手指をパーの形に開く。

芳彦はたてつづけにえぐり込んだ。途中からしゃくりあげるようにすると、亀頭部が肉路を深々とこじ開けていき、

「ぁあああ、すごいわ。届いてる……イキそう。このままイカせて」

玲奈が霞《かすみ》のかかったような目を向けてくる。

芳彦はすらりとした足を肩にかけ、猛烈に打ち込んだ。

「ぁああ、もうダメっ……苦しいのに気持ちいい。イクわ。わたし、もう……イクわ……!」

「イケよ。イクんだ」

「はい……ぁあああ、イク、イク、イキます……いやぁああああああ!」

玲奈のオルガスムスを告げる嬌声が室内に響きわたった。


昇りつめて、ぐったりとしていた玲奈が這い寄ってきて、いまだ健在な肉棹にしゃぶりついてきた。

ひとつにくくられた手指をつかって、左右から肉棹を包み込みながら、激しく唇をすべらせる。

自分の愛液が付着しているにもかかわらず、ジュルル、ジュルルと唾音を立て

て果敢に舐めしゃぶってくる。そんな玲奈に、芳彦は止めをさすことにした。

「いいよ、這って」

玲奈は嬉々《きき》として、ベッドに両肘と両膝を突いて、尻を持ちあげる。

芳彦は真後ろにしゃがんで、屹立を押し込みながら、腰を引き寄せた。怒張したマラがめり込んでいき、

「ぁあああぅぅぅ！」

玲奈はこれまで聞いたことのない獣染《けものじ》みた声を放って、裸身をしならせる。

これほどバックが似合う女はいない。まさに、女豹である。

くびれたウエストをつかみながら、ゆっくりと打ち込んでいく。最初は静かに、焦らすようにストロークする。

同じリズムで抽送《ちゆうそう》を繰り返すうちに、焦れてきたのか、玲奈は自分から腰を振って、尻を後ろに突き出す。

「あさましい女だ。自分から腰をつかったら、タマ打ちはしないぞ」

「ああ、ゴメンなさい。もう、しないわ」

殊勝《しゆしよう》になっているときのツンデレ女は、無性に男心を駆り立てる。

芳彦は徐々にストロークのピッチをあげていく。すると、睾丸袋が振れはじめ

た。ついにはブランコのように揺れて、陰毛の底を叩き、

「ぁああ、それ……」

玲奈はひとつにくくられた手で、シーツを掻きむしる。

「ブッてくる。あなたのキンタマがわたしをブッてくる。たまらない。オマ×コもクリも両方いいの。ぁああ、おかしくなる。もうおかしくなってる……あんっ、あんっ、あんっ」

玲奈は膝を大きく開いて、打擲《ちようちやく》を受け止め、あからさまに喘ぐ。

強烈な欲情が湧《わ》きあがってきて、芳彦は尻を叩いた。平手で尻たぶを張ると、乾いた音がして、

「ああ、そうよ。ブッてほしかったの。あんっ、あんっ！」

玲奈は平手打ちをするたびに、背中を反らせ、顔を撥ねあげる。

色白の尻たぶが赤く染まっているのを見て、芳彦も昂る。

スパンキングをやめて、腰を引き寄せながら、大きく速く腰を打ち据える。

パチン、パチンと乾いた音が撥ねて、玲奈がブルブルと震えはじめた。

「イキそうか？」

「はい……イクわ。もっとして。メチャクチャにして」

気を遣《や》る寸前で、芳彦はぴたりとストロークを止める。

「ぁああ、どうして……イカせて、お願い」

「金輪際、うちには関わらないでくれ。柿崎とも完全に切れてくれ」

「わかったわ。約束する。だから、ちょうだい。イカせて、お願い！」

玲奈が尻を突き出してくる。

「いいぞ。イケ！」

芳彦が大きく腰を振ると、勢いづいた睾丸がペチン、ペチンと肉芽を叩き、それとともに玲奈も高まっていく。

「あんっ、あんっ……ぁあああ、イクわ。わたし、またイク」

「いいんだ。イケよ」

つづけざまに打ち込んだとき、

「イキます……いやぁあああああああ！」

玲奈は嬌声を噴きあげて、操《あやつ》り人形の糸が切れたかのように、前に突っ伏していった。

第三章　美人姉妹の濃蜜味くらべ

1

着物に帯を締め、旅館の半纏《はんてん》をはおった岸川芳彦は、石段の頂上にある神社に向かった。

帰郷してから三カ月ほどが経ったが、いまだに結婚相手は見つかっていない。

竹内玲奈との揉《も》め事がトラウマになって、また騙《だま》されるのではないかという不安が先立ち、女性関係にはついつい慎重になってしまう。

だが、半年の間に若女将《わかおかみ》に相応《ふさわ》しい女性と結婚しないと、支配人代理をしている柿崎が支配人に昇格する。

そうなれば、柿崎に目の敵にされている芳彦は冷遇されて、旅館での居場所はなくなるだろう。

(何とかしなければ……)

ここは、神頼みでもしてみようかと、神社に向かっているところだ。

I温泉は東京から近距離にあることから、一昔前は団体旅行の客で賑わっていた。時代が移り、最近は客層も変わった。

温泉街のシンボルである三百六十五段の石段で、浴衣《ゆかた》姿の若いカップルがスマホで写真を撮りながら、はしゃいでいる。最近はこういうケースが多くなった。

次第に狭くて急になる石段をのぼりきったところに、こぢんまりとした神社がある。

小さい頃から、数えきれないほど訪れているが、ここの魅力は、何といっても眺望の良さだろう。

ぐるりと山々が取り囲む町の様子を一望できる。

ひさしぶりに景色を愉《たの》しんでから、拝殿にお参りする。基本的に子宝授けの神様らしいが、良縁祈願も聞いていただけるだろう。

（どうか、結婚相手に巡りあえますように。相手の器量や気性は問いません。俺を気に入ってくれれば、どんな女性だってかまいません）

決して高望みはしない。かなり譲歩して、長く手を合わせた。

終えて、踵《きびす》を返したとき、

「あらっ、ヨッちゃんじゃないの?」

呼びかけられた方向を見ると、着物姿の二人の女性が近づいてきた。

「ああ、キヨちゃんか!」

歩いてくるのは、島田希代子《しまだきよこ》だ。

芳彦とは幼なじみで、同じ小学校、中学校に通っていた同級生である。現在は、近くの温泉旅館の若女将をしている。

希代子の後ろにいるのは、三歳違いの妹の真美子《まみこ》で、この界隈《かいわい》では二人は美人姉妹として有名だ。

「ヨッちゃん、やけに真剣に長い間、手を合わせていたわね。ひょっとして良縁祈願かしら?」

「……知っているんだ」

「この辺じゃ、知らない人はいないわよ、きみの婚活騒ぎ。大丈夫なの、あともう三カ月しかないけど……」

希代子が容赦《ようしゃ》なく切り込んでくる。昔からそうだった。小学校の頃から希代子には頭があがらない。

「わたしたちもお参りしてくるから、ちょっと待ってて」

希代子は妹の真美子とともに、お賽銭《さいせん》を入れて鈴を鳴らし、二礼二拍手して手を合わせ、一礼した。

同じ姉妹でも、姉はしっかり者で言いたいことは言うタイプだが、妹は寡黙でありながら、芯の強いところがある。おそらく、口煩《くちうるさ》い姉と長年つきあっていると、こういう性格になるのだろう。

二人とも中肉中背で、姉のほうが背は少し高くて顔だちも美人系、妹はどちらかというとかわいい系だ。

芳彦は、どちらかを選べと言われたら、文句なしに妹の真美子だ。

参拝を終えた希代子に、

「せっかくだから、あんみつ食べに行こうよ。ヨッちゃんの大好物でしょ？」

と誘われて、二人で石段沿いにある和風カフェのお店に入った。

ここの粒餡《つぶあん》と、沖縄産黒糖の黒蜜が小さい頃から大好きだった。

あんみつを食べながら希代子が、口を開いた。

「ヨッちゃんに相談があるのよ」

「何だよ？」

「真美子なんだけど……」

なるほど、妹のことを相談したかったから、彼女を先に帰したのか――。

「何……？」

「真美子をお嫁さんにもらってくれない？」

「えっ……？」

まさかの提案に、芳彦は唖然としてしまった。

「妹は旅館の仕事も積極的にやってくれるし、わたしとしても助かっているの。だけど、妹にはうちは居心地が良すぎるんじゃないかって……このままでは、行き遅れてしまうわ。もう、三十二歳だしね……ヨッちゃんだって、真美子のこと、満更《まんざら》でもないはずよ」

希代子が口角《こうかく》にわずかに付着した餡をお手拭きで拭《ぬぐ》って、じっと芳彦を見た。

見透《みす》かされていると感じた。

「少なくとも、わたしより真美子のほうが好きでしょ？」

芳彦は笑いで誤魔化したつもりだが、やはりこれも見抜かれていたようで、

「やっぱりね。ちょうどいいじゃないの。これ以上の縁談はないわよ」

希代子が畳みかけてくる。

「だけど、真美子さんはどうなんだよ。好きな人がいるんじゃないのか？」

「……いないから、困ってるんじゃないの。もらってあげてよ、お願い。真美子なら旅館のことは知り尽くしているから、充分若女将を務められるわ。それに、うちとも親類になるんだから、お互いの旅館にとってプラス面しかないでしょ。困ったときは助け合えるわけだし……」

希代子の言うことは間違っていない。確かに、真美子ならうちの若女将は充分務まるだろう。彼女なら、ノーと言う人はまずいない。しかし、問題は……。

「真美子さんは俺のことをどう思っているんだろうか。好きでもない男と結婚するのは彼女だって……」

「大丈夫だと思う。だって、少なくとも小学生のとき、真美子は『芳彦お兄ちゃん、好き』って言ってたもの」

「ほんとうか？　この縁談をまとめたい一心で、ウソついているんだろう」

「違うわよ。何だったら、真美子に直接訊《き》いてみたら？　わたしのほうでセッティングするから」

心が動いた。しかし、すぐに承諾するのは、がっついているようでいやだ。

「少し、考えさせてくれよ」

「わかったわ。気持ちが固《かた》まったら、ここに連絡して」

希代子の出したスマホからＱＲコードを読み取って、「ライン」の交換をした。

あんみつをチビチビと食べながら、希代子自身について訊いた。

「キヨちゃんは、今のご主人とはいつ結婚したの？」

「ちょうど五年前かな。主人は元々東京の商社マンだったのよ。うちに泊まりにきて、わたしに一目惚れしたみたいで……ふふっ、随分と積極的だったわよ。きみと一緒になれるなら、今の会社は辞めるって。実際に辞めて、今はうちの若旦那よ。父の跡継ぎは彼と決まっているから」

「商社マンって、俺と……」

「そう、同じ。だから、妹《み》にもきみを勧めたいの」

希代子がじっと芳彦を見据《みす》えてきた。


一週間後の昼間、旅館がもっとも暇な時間に、芳彦は島田真美子と石段を歩いていた。あれから希代子にＯＫを出すと、すぐにこの場をセッティングしてくれた。

仲居頭《なかいがしら》の青木珠実に相談したところ、

『真美子さんなら最高だと思います。わたしも真美子さんの下なら喜んで働きます。これ以上の縁談は考えられません。絶対に彼女を射止めてください』

そう強く勧められたという経緯《いきさつ》もあった。

二人は石段の途中にある射的場《しゃてきじょう》に入り、まずは芳彦が手本として撃ってみせる。

芳彦はスポーツはダメだが、小さい頃からやっていたせいか、射的には自信がある。

コルクを射的銃に詰めて、

「目一杯腕を伸ばして、なるべく標的に近づけるんだ。そのまま、ぶれないように引き金を引く」

やり方を教えながら、引き金を引くと、狙っていた駄菓子の小さな箱に命中して、後ろに吹き飛んだ。

その景品を店のオバチャンが拾ってきて、カウンターに置いた。

「すごいわ。こんなに簡単に当たるんですね。わたし、これまでたまにしか当たらなかったんですよ」

真美子が素直に褒《ほ》めてくれた。

芳彦は三発撃って、すべてを命中させ、その銃を真美子に渡す。

「俺はもういいから、やってごらんよ」

「でも、わたし、下手ですよ。きっと当たらないわ」

「大丈夫だよ。もう元は取った。さあ、やって」

真美子が銃を持って、銃口にコルク弾を詰める。教えられたように銃を持つ右手を伸ばして、邪魔な袖を左手で持ってまくっている。

さらさらしたボブヘアには花の簪《かんざし》が飾られ、お洒落《しゃれ》な小紋《こもん》を着て、帯を締めている真美子を、心からきれいだと感じた。

パンッと乾いた音で放たれたコルク弾は、あと少しというところで的から外れ、後ろの壁に当たって撥《は》ねた。

「惜しい！」

思わず声をかける。

「今の要領でもう一度やってごらんよ。いい線いってる。もう少し的が大きいほうがいいな。その横のミルキーの箱を狙ったら、いい」

「わかりました。今度は、絶対に当てるわ」

目が一気に真剣みを増す。本質的に、負けず嫌いなのだろう。

真美子はコルク弾を詰め、銃を持った右手を伸ばす。狙いをつけて、引き金を引いた。次の瞬間、パンッという音とともに放たれた弾がミルキーの箱に当たって、吹き飛んだ。

「やったわ！」

真美子は左腕でガッツポーズをして、きらきらした大きな目で芳彦を見た。

「お見事！」

「初めてです、景品を取ったのは」

真美子は運ばれてきたミルキーの箱をつかんで、瞳を輝かせた。

「俺はいいから、あとは真美子さんがやっていいよ」

「ほんと？」

「ああ」

結局、真美子はその後も、残り五発のうちの三発を命中させて、様々な景品を取った。

景品の入ったビニール袋を持って、二人は外に出た。

石段をあがっていく途中で、真美子が身を寄せてきた。まさか、こんなに人目のつくところで、腕を組んでくるとは思わなかった。

「あんみつ、食べに行こうか？」

「はい。姉さんと入ったお店でしょ。わたしも行きたい」

真美子が芳彦の腕をぎゅっとつかんできた。

2

一週間後の夜、芳彦と真美子は、M旅館から車で三十分ほど山道をのぼったところにある、カルデラ湖のほとりの温泉旅館にいた。

すでにM旅館周辺では、芳彦と真美子が腕を組んで石段を歩いていたという噂で持ちきりだった。

希代子はよほど二人を結びつけようとしているのか、人目につかないところで、二人に親密な時間を持ってもらおうと、この宿泊デートをプレゼントしてくれた。

二人は夕食を終え、温泉で身体を温めて、部屋に戻っている。

ワカサギが釣れることで有名なカルデラ湖が、夜の闇に沈んでいた。月光や宿の明かりを反射して、湖面がキラキラと揺れている。

「小さい頃は、ここでよくワカサギを釣ったよ」

「わたしも姉さんと一緒にやりました。でも寒くて……」

真美子が微笑《ほほえ》んだ。浴衣に半纏をはおった真美子は、とても魅力的だ。

石段街で射的を教えてから、真美子は急に距離を縮めてきた。人目も憚《はばか》らずに、腕をからめてくるほどだ。

それに、今回も姉の勧めとはいえ、宿での一泊デートを受け入れたのだから、芳彦を満更でもないと感じているのだろう。

確かめたくて、訊いてみた。

「この前、お姉さんから、真美子さんは小学生の頃、俺を好きだったって聞いたんだけど……あれはキヨちゃんが俺に気を遣《つか》ってくれたんだよね？」

「違います。わたし、姉さんにそう言った覚えがあります」

「……そうだったんだ」

一気に、真美子への思いが強くなった。

「気づかなかったでしょ？　でも、ほんとうなんですよ」

真美子が身を寄せてきた。浴衣越しに胸のふくらみを感じる。柔らかくて、たわわだ。

芳彦の鼓動は速くなり、股間のものが力を漲《みなぎ》らせてくる。思い切って、訊いた。

「で、今は……？」

「あの頃と変わってないです」

見あげて言って、真美子が目を閉じた。一瞬、竹内玲奈に騙された一件が脳裏をよぎる。

（この人は玲奈とは違う。俺を騙そうなどとはしないはずだ。俺を愛してくれている。それに、二人の結婚ならば皆から祝福されるだろう）

芳彦はおずおずと顔を寄せて、唇を重ねていく。真美子は拒まない。

向かい合う形で、浴衣姿を抱きしめながら、唇を合わせつづけた。すると、真美子も芳彦の背中に両手をまわしてくる。

柔らかくて、ぷにっとした唇。浴衣の下に感じる胸のふくらみの感触……。

ひさしぶりのせいか、イチモツが浴衣の前を力強く持ちあげるのがわかる。

真美子がキスをやめ、大きな瞳を向けて言った。

「硬いものが当たっています……」

「ああ、ゴメン」

「いいんです。それだけ、わたしを女として意識してくれてるんですよね？」

真美子はキュートに微笑んで、芳彦の浴衣の前身頃《まえみごろ》をかきわけるようにして、

ブリーフ越しに肉茎に触れる。分身がビクッと躍りあがり、

「あ、くっ……」

思わず呻《うめ》いていた。

真美子はふたたび唇を合わせながら、ブリーフ越しに勃起《ぼっき》を柔らかく撫《な》でさすってくる。

熱い快感がうねりあがってきた次の瞬間、しなやかな指が潜り込んできて、イチモツをじかに握ってきた。

芳彦は夜の湖を眺めながら、肉棹《にくざお》を握りしごかれる悦《よろこ》びに、うっとりと目を細める。

大人しいと思っていた真美子が、大胆におチンチンをしごいてくる。

そのギャップに驚きながらも、芳彦の性感は燃えあがってしまう。

口腔《こうこう》に舌を入れて、真美子の舌をなぞり、からめる。

すると、真美子も「んんんっ、んんんっ」とくぐもった声を洩《も》らしながら、息づかいを荒くして、舌で応戦してくる。

三十二歳ともなれば、このくらいできて当然なのかもしれない。しかし、希代子からは、ここしばらく、つきあっていた男性はいないと聞いていただけに、驚

きもあった。

いったんキスをやめて、真美子を布団に連れていく。

そっと寝かせると、真美子は下からじっと見あげてきた。

その何かを振り切ろうとでもするような、覚悟を決めた目が、芳彦を突き動かした。

ボブヘアが卵形の顔にかかっていて、芳彦はその髪をどけるようにして、唇を寄せる。

唇を合わせながら、浴衣越しに乳房を揉みしだいた。柔らかな乳房が弾《はず》んで、

「ああうぅぅ」

真美子はキスをやめて、顔をのけぞらせる。

あらわになった喉元《のどもと》に、キスをする。顎《あご》にかけて舐《な》めあげると、真美子はますます大きく顎をせりあげる。

芳彦は浴衣越しに乳房を揉みながら、頂《いただき》にキスをする。

チュッ、チュッとついばみ、舐めると、淡い色の浴衣から尖《とが》った乳首の形と色が透《す》けでてきた。

濃い色に変わった突起を、周囲から絞り出すようにして、舌を走らせる。

すると、唾液を吸った浴衣が密着して、乳首の形がますますあらわになり、

「ぁあ、いやっ……芳彦さん、恥《は》ずかしいわ」

真美子が先端を手で隠した。

芳彦はその手を外し、浴衣の衿元《えりもと》をつかんで、開きながら、ぐいと押しさげる。

浴衣が腰までさがって、形のいい乳房がこぼれでてきた。

お椀を伏せたような乳房は、青い血管が透けでるほどに薄く張りつめていて、濃いピンクの乳首がツンと上を向いている。

決して大きくはないが、威張ったように上を向いた乳首が男心をかきたてる。

芳彦の好きな形の乳房だった。

珠実の教えを守って、すぐに乳首には向かわず、裾野《すその》からじっくりと攻める。

真美子は息を荒らげながらも必死にこらえていたが、舌が乳首に触れた途端に、

「あっ……あうぅぅ」

抑えきれない声を洩らして、右手の口に添えた。

徐々に性感を高まらせていく真美子を、芳彦は愛《いと》おしく感じる。

気持ちを込めて、乳首を舌と指でじっくりと愛撫《あいぶ》すると、

「ぁあああ、感じます。すごく感じるんです」

真美子が芳彦を見た。大きな目がうっすらと潤《うる》んでいる。

芳彦は真美子のパンティを脱がせ、腰枕を入れて下腹部を持ちあげる。

きれいに長方形に処理されているものの、元々は毛が濃いのだろう、真ん中に向けて繊毛《せんもう》がそそけだっている。

そして、翳《かげ》りの底では、ふっくらとした女の肉花がわずかにひろがって、内部の赤い粘膜がぬらぬらと妖《あや》しく光っていた。

(いつも姉の後をついてまわっていた真美子が、こんなにオマ×コを濡らしているる……！)

M字開脚されたむっちりとした太腿《ふともも》の奥で、ピンクの蘭《らん》に似た女の花びらが艶《あで》やかにひろがって、内部の赤い芯が顔をのぞかせていた。

クリトリスが雌芯《めしん》のように突き出していて、芳彦はそこに顔を寄せる。

舌を硬くしないようにして、そっと舐めあげると、

「あっ……！」

真美子はびくんと跳ねて、腰を浮かせた。

つづけざまに、雌芯に舌を這《は》わせる。指で包皮を剝《む》いて、あらわになった肉芽《にくが》をじかに舐めつづけた。

様々なタッチで突起を刺激すると、真美子はどうしていいのかわからないといった様子で、下腹部をせりあげ、腰をくねらせて、

「んんんっ……ぁああ、お兄ちゃん、そんなことされたらマミ、我慢できなくなる」

下から、潤んだ瞳を向けてくる。

お兄ちゃんと呼ばれ、みずからをマミと言ったことに、ちょっと昂奮した。

「いいんだよ。我慢しなくて……マミちゃんが感じてくれたほうが、お兄ちゃんもうれしいんだ」

芳彦も童心に返った演技をしながら、クリトリスを攻める。

クリトリスは深く根を張ってひろがっている。出ているのは氷山の一角で、じつは隠れている部分のほうが大きいと聞く。

本体の両側を指でマッサージした。圧迫して擦《こす》りながら、剝き身の本体を舌でちろちろと刺激する。

珊瑚色《さんごいろ》の肉真珠《にくしんじゅ》は明らかに体積を増し、そこを丁寧《ていねい》に舐めていると、

「ぁああ、もうダメっ……お兄ちゃん、触って。あそこにも触ってよ」

真美子がもどかしそうに腰を揺する。

芳彦はぐっと姿勢を低くして、肉びらをじっくりと舐めあげる。そこはすでに潤みきって、ぬるっとした粘膜が舌にからみついてくる。

「ぁあああ……！」

真美子が顔をのけぞらせる。

「気持ちいいんだね？」

「はい……気持ちいい。お兄ちゃんの舌、すごく気持ちいい」

真美子がもっとしてとばかりに、下腹部を擦りつけてくる。その欲望をあらわにする所作《しょさ》が、芳彦をかきたてる。

狭間《はざま》を舐めながら、上方の肉芽を指で転がした。あふれでている蜜をすくいとって、クリトリスになすりつける。

「ああ、いいの。感じる……お兄ちゃん、気持ちいい」

真美子は喘《あえ》ぐように言いながら、腰を揺すりたてる。

肉びらは開ききって、内部の赤みが増し、じゅくじゅくと愛蜜があふれだして、妖しくぬめ光っている。

芳彦は膝をすくいあげて、膣口《ちつぐち》の位置をあげ、笹舟形の下方に吸いついた。

とろとろした膣口を舐め、舌を尖らせて、押し込んでいく。

「ぁああ、くっ！」

真美子が身体をのけぞらせる。

（これがいいんだな）

芳彦は必死に舌先を抜き差しして、クリトリスを指でいじる。すると、大量の花蜜があふれて、

「あああ、もうダメっ……そんなことされたら、したくなっちゃう」

真美子が恥丘《ちきゅう》をせりあげながら、訴えてくる。

芳彦は次にクリトリスを吸いながら、膣口に中指を押し込んだ。ゆっくりと抜き差しして、天井を擦りあげると、真美子が叫んだ。

「ああ、欲しい。お兄ちゃんのおチンチンをください！」

3

芳彦はクンニをやめて、両膝をすくいあげた。

浴衣の裾がはだけて、むっちりした太腿と濡れ光る肉花があらわになる。

「あまり経験がないの。やさしくしてね」

真美子が下から大きな目で見あげてくる。

「わかった。やさしくするよ」

芳彦は右手を膝から外し、いきりたちを雌芯に導いた。

慎重に腰を進めると、亀頭部《きとうぶ》が狭い入口を割っていき、さらに体重を乗せると、ぐぐっと肉路をこじ開けていく感触があって、

「ぅあぁぁぁ……！」

真美子が大きく顔をのけぞらせる。

「くっ……！」

と、芳彦も呻いていた。

内部は熱く、とろとろに蕩《とろ》けている。

そして、粘膜がイチモツを内へ内へと吸い込もうとする。それ自体が生きているかのようにうごめいている。

(素晴らしい。あの真美子ちゃんが、こんな名器だったとは……！)

幼い頃を知っているだけに、そのギャップに燃えてしまう。

膝を放して、ぐっと前に屈んだ。ぴったりと身体を合わせて、静かに腰をつか

うと、真美子は足をM字に開いて、屹立《きつりつ》を深いところに導き、

「ああ……信じられない。わたし、お兄ちゃんとひとつになっているのね」

ぎゅっとしがみついてくる。

「ああ、そうだ。きみはもうあの頃の真美子ちゃんじゃない。今は立派な大人だ。それに、すごくいい女になった」

「ああ、うれしい……わたしを放さないでね。しっかりと繫ぎとめておいてね」

芳彦は唇を重ねていく。ふっくらとした赤い唇に、ついばむようにキスをして、ぴったりと合わせる。

それから、舌を潜り込ませると、真美子の舌がおずおずとからみついてきた。

芳彦も舌を合わせながら、慎重に攻める。女体に覆《おお》いかぶさって、じっくりとえぐっていく。

硬くなった肉柱が、熱く滾《たぎ》った肉路を押し広げるように擦りあげていき、

「うんっ、うんっ、んぁあああ！」

真美子は顔をのけぞらせて、芳彦の背中にまわした指に力を込める。

芳彦は上体を立てて、両膝を開いて押さえつけ、打ち込んでいく。

一太刀《ひとたち》浴びせるごとに、形のいい乳房が縦揺れして、乳肌が波打ち、

「あっ……あっ、ぁああ」

真美子は両手を顔の横に置いて、無防備な状態で顎をせりあげる。

(かわいい人だ。感じ方もかわいい!)

芳彦は昂《たかぶ》り、少しずつ打ち込みのピッチをあげていく。

「ぁああ、あんっ、あんっ」

真美子の喘ぎが一段と高まった。

さっきまで顔の両横にあった真美子の手は、そうせずにはいられないといったふうに、布団の端を握っている。

髪が乱れ散って、一部が布団からはみ出していた。

ひろがった髪の中心にある顔は、普段とは違って、今にも泣きださんばかりに歪《ゆが》んでいる。

苦しそうに八の字に折られた眉《まゆ》、奥を突かれるたびに開き、生々しい喘ぎを放っている小さめの唇……。

真美子の持つ夜の顔に魅了されて、ついついストロークのピッチがあがる。

膝を開かせながら、ぐいっ、ぐいっと深いところに打ち込むと、

「ぁああ……イカせてください」

真美子がさしせまった声をあげた。

芳彦は、昇りつめる寸前の真美子を窓際へと連れて行く。

はだけた浴衣を脱がせて、全裸に剝いた。一糸《いっし》まとわぬ真美子は、彫像のようにプロポーションがいい。

窓を開け、レールの部分に両手を突かせる。

「いやっ、見えちゃう！」

真美子はとっさに、裸身を手で隠す。

「大丈夫。前には湖がひろがっているだけだ。周囲からは見えない」

言い聞かせて、腰を後ろに引き寄せる。柔軟な裸身がしなって、尻が突き出された。

芳彦は白々としたヒップの底に勃起を寄せ、膣口をさがした。

ぐちゃりと沈み込む部分があって、少しずつ腰を入れると、

「はぁああ……！」

真美子は吐息に似た喘ぎをこぼして、窓の下の桟《さん》をつかみながら、顔を撥ねあげる。

さっきよりも熱く、練《ね》れたような粘膜がまったりとからみついてきた。

開け放たれた窓からは、夜空に浮かんだ満月と、風で波立って宝石のように光る湖面が見える。

絶景を眺めながら、女を抱く。これ以上の悦びが他にあるだろうか——。

焦《じ》らすようにスローピッチで出し入れをすると、不安そうな面持《おもも》ちで外を見ていた真美子が、

「あっ……あんっ……」

と、小さく喘ぎはじめた。

必死にこらえようとしても、打ち込むたびに、喘ぎ声が押し出されてしまう。

真美子が左手を口に持っていき、右手だけで上体を支える。

足が内股になり、下腹部が尻を叩くピチャン、ピチャンという音のなかに、

「んっ……んっ」

と、抑えきれない呻きが混ざる。

M女である竹内玲奈に影響されたのか、芳彦は交わりながら女性を困らせることに、悦びを感じてしまうのだ。

月明かりを反射する湖を見ながら、徐々に打ち込みを強くしていく。

すると、大きな睾丸《こうがん》が振り子のように揺れて、クリトリスを叩き、

「えっ、何これ？　ああ、待って……待ってください」

何が起こっているのか、つかめないのだろう。真美子がびっくりしたように頭を垂れて、結合部分を覗《のぞ》き込んだ。

「睾丸がきみのクリちゃんを叩いているんだよ。びっくりするだろうけど、すぐに慣れるから」

言い聞かせて、芳彦は大きなストロークを繰り返す。そのたびに、揺れた睾丸がペチン、ペチンと肉芽を打って、

「くっ……ぁあああ、痺《しび》れてる。ジンジンしてる……あんっ、あんっ、あんっ」

真美子が湖に向かって喘いだ。

「……ああ、ダメっ。我慢できない。突きあげられてる。叩かれてる……あんっ、あんっ、あんっ」

真美子は両手で窓の下をつかんで、背中を弓なりに反《そ》らせる。

もはや、警戒心を失くしてしまったのか、奔放《ほんぽう》に喘ぎ、内股になった足をぶるぶると震わせている。

芳彦は強く打ち込んだ。

鉄心のように硬くなった肉柱が膣を深々とうがち、ブランコのように揺れたキ

ンタマが肉芽を叩いて、

「ああ、イキそう。イキます」

真美子がさしせまった声をあげる。芳彦がつづけざまに叩き込んだとき、

「いやぁあああ……」

真美子がのけぞりながら、がくん、がくんと震えた。

4

芳彦はふらふらになった真美子をふたたび布団に連れていき、

「ゴメン。もしよかったら、しゃぶってくれないか？」

芳彦は布団に仰向《あおむ》けになりながら、打診する。

「わたし、きっと上手くないですよ。あまりしたことがないから……それでもいいですか？」

「いいんだよ。してくれるだけで、うれしいんだ」

芳彦が言うと、真美子は足の間にしゃがんだ。

いまだ元気にそそりたっている肉柱を見て、眩《まぶ》しいものでも見るように目を細める。

それから、慎重に五本の指をからめて、おずおずとしごいてくる。やはり、ぎこちなかった。

自分で言っていたように、あまりフェラチオの経験がないのだろう。だが、それを見下したりはしない。むしろ、好ましく感じる。

真美子が不安そうに見あげてきたので、

「上手いよ。全然、下手じゃない。自信を持っていいよ」

褒《ほ》めると、真美子ははにかんだ。

安心したのか、自分から顔を寄せてくる。亀頭部の割れ目めがけて、静かにキスを繰り返し、また、芳彦をうかがうように見あげてくる。

「上手だよ」

芳彦がふたたび褒めると、顔を伏せて、割れ目を舌でちろちろとなぞってきた。

「気持ちいいよ、それ」

「ほんとうですか？」

「ああ、いいよ」

真美子は少しずつ大胆になって、長くて細い舌をいっぱいに出し、カリを舐めてくる。

敏感な亀頭冠《きとうかん》を、舌を横揺れさせてちろちろとあやし、そのまま裏側に舌を走らせる。

ツーッ、ツーッと裏筋を舐めあげられると、敏感になっている肉柱が頭を振った。

それを見て自信がついたようで、真美子は顔を振って、裏筋に何度も舌を走らせる。

スーッと舐めあげて、割れ目を舌であやしてくる。

「ゴメン。もう、咥《くわ》えてほしくなった」

焦れて求めると、真美子は上から頬張《ほおば》ってきた。

ふっくらとした唇をかぶせて、少しずつ奥まで咥えようとする。

根元まで頬張って、ぐふっ、ぐふっと噎《む》せて、硬直を吐きだし、

「ゴメンなさい」

と、涙目で謝ってくる。

「いいんだ。無理しなくていいよ。そんなに奥まで咥えなくても、大丈夫だから。男はカリが一番感じるんだ。そこを唇と舌で擦ってくれればいい」

「やってみます」

真美子は真摯《しんし》な表情で言って、また唇をかぶせてきた。

そうしたほうがやりやすいと感じたのだろう。勃起の根元に指をからませて、余った部分を頬張り、ゆっくりとストロークする。

「いいよ……最高だ。できたら、もう少し素早く」

手ほどきをすると、真美子は期待に応えようと、速いピッチで顔を振りはじめた。

「んっ、んっ、んっ……」

くぐもった声を洩らしながら、一心不乱に亀頭冠に唇をすべらせる。

「そうだ。できれば、指も」

真美子はちらりと芳彦を見あげてから、おずおずと指でしごきはじめた。

最初は口と指の連動がぎこちなかった。それでも、徐々に要領をつかんだのか、指で擦りあげながら、同じリズムで唇を往復させる。

言われたことを体現しようとする真美子の一途《いちず》さが、芳彦の胸を打った。

「ありがとう。いいよ」

言うと、肉棹を吐きだした真美子は、はぁはぁと息を切らして、口の周りを指で拭った。

芳彦は思い切って、もう一歩踏み込んだ要求をした。

「真美子さん、できたら、上になってくれないか？」

「……それも、あまり、したことがありません」

「大丈夫。できるよ」

「……やってみます」

真美子はおずおずとまたがってきた。唾液にまみれていきりたっているものをぎこちなく翳りの底に押し当てる。

ちらりと芳彦を見た。芳彦がうなずくと、慎重に腰を落としてくる。

茜色《あかねいろ》にてかる先端をほんの少し受け入れて、

「うあっ……」

と、顔をしかめた。

みずから腰を動かして微調整すると、今度は覚悟を決めたように沈み込んでくる。

切っ先がとても窮屈な肉路をこじ開けていって、

「あうぅ……！」

真美子は低く呻いた。

眉根を寄せて、苦しそうな表情をしながら、何かを振り切るように、さらに腰を落とす。

イチモツが奥まで嵌《は》まり込むと、

「ぁあああ……！」

今度は、大きく顔を撥ねあげた。

真美子は勃起を馴染《なじ》ませるようにじっとしていた。それから、ためらいながら腰を前後に振りはじめる。

両膝をぺたんとシーツに突いたまま、腰を後ろに引き、前に突き出してくる。

最初はいかにも慣れていない様子でぎこちなかった。それでも、徐々に腰振りが大きく、速くなり、

「んっ……あっ……んっ……ぁあうぅぅ」

真美子は眉を八の字に折りながら、くぐもった声をこぼす。

抜けるような白い肌を持った真美子が、たどたどしさを感じさせながらも、一生懸命に上になって腰をつかう。その姿を、芳彦は愛《いと》おしく感じる。

真美子はのけぞるようにして両手を後ろに突いた。

そして、腰を前後に打ち振る。

「いいよ、すごく気持ちいい。大丈夫だよ。もっと足を開いて……そのほうが、真美子さんも気持ち良くなるから」

指示をした。

真美子は素直な性格で、ゆっくりと足を開く。ほぼ直角になるまで足をひろげたので、結合部分が丸見えになった。

真美子が腰を振るたびに、自分の肉茎が翳りの底に、呑《の》み込まれたり出てきたりする様子が、はっきりとわかる。

「ああ、恥ずかしいわ。見ないでください」

そう言って、真美子が顔をそむけた。それでも、腰の動きはつづいて、大きく前後に揺すり、濡れそぼっている膣を擦りつけてくる。

「すごく昂奮するぞ。お兄ちゃんのおチンチンが、マミちゃんのオマ×コに入ってるぞ」

芳彦が言葉でなぶると、

「ああ、言わないで……いや、いや……」

真美子はさかんに首を左右に振る。それでも、腰振りは止めない。

それどころか、どんどん速く、大きくなっている。

「気持ちいいんだね？」

「はい……気持ちいい。恥ずかしいけど、気持ちいいの……ああ、止まらない」

意思とは裏腹に激しく腰を振る真美子を、芳彦は下から見あげている。

お姉ちゃんの後を金魚の糞のようについてまわっていた真美子が、今、自分の上で欲望そのままに腰を振っているのだ。

「できるじゃないか。上手だよ。きみはもうマミちゃんじゃない。立派な大人の真美子さんだ」

言うと、真美子ははにかんで、悪戯《いたずら》っぽい目で芳彦を見た。それから、上体を立てて、訊いてきた。

「上下に動いてもいいですか？」

「もちろん」

「初めてだから、上手くないですよ」

「ああ、初めてで上手すぎたら、逆に怖いよ」

真美子は手をどこに置くか、迷っているようだったが、やがて、芳彦の腹部の脇のシーツに突いて、ゆっくりと腰の上げ下げをはじめた。

足をM字開脚して、スクワットをするように腰を振りあげ、おろしてくる。

スローピッチだが、芳彦は粘膜の締めつけと行き来を充分に感じられて、快感が高まる。

沈めるときに、「ああ」と喘ぎ、そこから引きあげる。

ゆっくりとしか動けないようだった。

真美子は腰をおろしきったところで、顔をのけぞらせながら、少しの間、休む。

それから、また腰を引きあげる。

薄い恥毛の下を、自分の肉棒が出入りしている様子が、まともに目に飛び込んでくる。

ぐちゅ、ぐちゅと淫靡《いんび》な音がして、そこに、

「あああ、あっ……ぁあああ」

真美子のはかなげな喘ぎが混ざる。

「上手だよ。もっと、速く動いてもいいぞ」

芳彦がせかすと、真美子の腰振りのピッチがあがった。

歯を食いしばり、尻を腹部に打ち据えて、

「あんっ……！」

と、のけぞる。また腰をあげて、そこから振りおろしてきて、

「ぁあんっ……！」

と、愛らしい声をあげる。

それまで恥ずかしそうにうつむいていた真美子が、いつの間にか顔をあげて、芳彦を潤んだ目で見つめていた。

真美子は視線を合わせながら、腰を上下に振る。腹の上で身体を弾《はず》ませて、

「ああ、いいの……イクかもしれない……イキそう」

芳彦をとろんとした目で見る。

「いいよ、イッて……」

芳彦が答えると、真美子はますます激しく腰を叩きつけていたが、やがて、

「あっ……！」

小刻《こきざ》みに震えながら、前に倒れてきた。

ぐったりとして、芳彦に覆いかぶさってくる。

かるく昇りつめたのだろう。だが、イキ方は浅い。まだまだイケるだろう。

芳彦はその顔を両手で挟んで、キスをする。すると、真美子は唇を強く重ね

て、舌をからめてきた。

濃厚なディープキスをして、もどかそうに腰を揺する。

芳彦は背中と腰に手をまわして、抱き寄せる。そうしながら、下から突きあげてみる。ぐいっ、ぐいっと屹立を熱く滾った膣に打ち込むと、

「ぁああ、ダメっ……」

真美子は顔を持ちあげて、眉根を寄せた。

芳彦はつづけざまに突きあげる。尻を両手でつかみ寄せて、ぐいぐいとえぐりたてると、

「ああ、芳彦さん、すごい。すごいの……あんっ、あんっ、あんっ……！」

真美子は甲高《かんだか》く喘ぐ。

一瞬、顔をのけぞらせてから、ぎゅっとしがみついてきた。

硬直が斜め上方に向かって、膣を擦りあげていき、

「ダメっ……イッちゃう。わたし、またイキます」

真美子がぎゅっと芳彦に抱きつきながら、耳元でさしせまった声をあげた。

「まだ、イカせないよ」

芳彦は打ち込みをやめて、真美子の下から出た。

真美子を布団に這わせて、後ろにつき、持ちあがった尻たぶの底を舐める。どろどろになった粘膜が舌にまとわりついてきて、

「ぁあ、気持ちいい……蕩けていきそう」

真美子がうっとりして言う。

わずかな時間に、真美子は急成長した。

回数を重ねれば、閨《ねや》の床でさらに成長するはずだ。その上、旅館については小さい頃から学習しているのだから、きっといい若女将になるだろう。

(とうとう見つけた！)

芳彦はクンニをやめて、真後ろで片膝を立てた。

蜜まみれでいきりたつものを後ろから打ち込んでいく。

「ぁああ、すごい！」

真美子は顔を撥ねあげながら、シーツをぎゅっと握った。

芳彦は細腰をつかみ寄せて、抜き差しをする。浅く突くだけで、真美子は、

「ぁああ、芳彦さん、気持ちいいの。初めて、こんなの初めて……」

心から感じている声をあげる。

「真美子さん、俺と結婚してくれ。うちの若女将になってください」

そうプロポーズしながら、徐々にストロークを強めていく。

真美子は言葉で答える代わりに、何度もうなずいてくれた。

（よし、やったぞ。俺は最高の結婚相手を見つけた！）

芳彦は内心で快哉《かいさい》を叫びながら、真美子を仕留めにかかる。

右手を伸ばして、乳房をつかんだ。柔らかなふくらみを揉みしだき、乳首を捏《こ》ねる。

「ああ、気持ちいい……両方、気持ちいいんです」

真美子は喘ぐように言って、もっとばかりに腰をくねらせる。

芳彦は乳房をかわいがりながら、ぐいぐいとえぐり込んでいく。この体勢では、まだタマ打ちには至っていない。

それでも、真美子は充分に感じてくれている。

だが、最後はやはり、きっちりと真美子に気を遣《や》ってほしい。

芳彦は乳房から手を離して、ウエストをつかみ寄せた。体勢をととのえてから、徐々に強く打ち込んでいく。

すると、睾丸も揺れて、それが少しずつクリトリスにヒットするようになり、真美子の洩らす喘ぎ声も変わってきた。

「あんっ、あんっ……ぁああ、すごい。当たってるの」

「何が？」

「芳彦さんのアレ」

「アレって？」

「タマタマちゃん」

「気持ちいい？」

「はい……あそこもクリも両方気持ちいい。ああ、ください。ダメなわたしをメチャクチャにしてください」

「きみはダメじゃない。しっかりとしているし、いい子だよ。自分に自信を持って……ぁああ、出ちゃう。イクよ」

芳彦はいっそうストロークを強くしていく。大きく腰を引いて、叩きつける。すると、硬直が嵌まり込むのと同時に、睾丸袋がクリトリスを叩き、

「ああ……イキます。恥ずかしいわ……わたし、またイッちゃう！」

真美子が逼迫《ひっぱく》した様子で訴えてくる。

「いいんだよ。何回イッても」

芳彦は最後の力を振り絞って、いきりたつものを打ち込み、大きなキンタマで

肉芽を叩く。

「あんっ、あんっ、あんっ……ダメっ……イキます。イク、イク、イキますぅぅ！」

真美子が絶頂の声をあげ、ほぼ同時に、芳彦も熱い男液をしぶかせていた。

5

一カ月後、芳彦は島田希代子と居酒屋で逢っていた。

じつは、真美子がいきなりこの土地から姿を消したので、その辺の事情を姉に訊いているところだ。

希代子が神妙な顔で言った。

「ゴメンなさい。やはり、ヨッちゃんじゃ、ダメだったみたい」

「えっ……？　だけど、俺を好きだと言ってくれたぞ。セックスだって、どんどん感じてくれていたし……」

「そういう問題じゃなかったのよ。怒らないで聞いて」

ぽつりぽつりと打ち明けだした希代子の話に、芳彦は衝撃を受けた。

じつは、希代子が妹と芳彦の縁談を勧めたのには、訳があった。

真美子が、希代子の夫である崇史《たかし》に横恋慕《よこれんぼ》して、その気持ちを他に向けさせるため、芳彦との結婚を勧めたのだという。

「ゴメンなさい。わたしがいけなかったのよ。妹がきみを好きだったことは確かよ。だから、二人にはちょうどいいと思ったの……でも、結局、真美子はきみを心から愛することはできなかったみたい。妹の心には、義兄が棲みついていて、それを打ち消すことができなかった。きみは崇史さんを超えることができなかった。ヨッちゃんのせいじゃないのよ。都合のいいことを考えたわたしがいけないのよ。ヨッちゃん、ゴメン」

希代子が深々と頭をさげた。

どうも話が上手く行き過ぎていた。元々女にモテない自分にしたら、とんとん拍子に話が進みすぎていた。

だが、一番ショックなのは、自分が希代子の夫を超えられなかったことだ。

「今考えると、思い当たる節がある。真美子ちゃんも、どうにかして俺を好きになろうと頑張っていたんだと思う。俺に魅力があれば、すべて上手くいっただろう。俺が期待に応えられなかったんだ。情けないよ」

「そんなことない。芳彦さんはとても素敵よ」

「いや、おべんちゃらはいいよ」

「そうじゃない。それを証明するわ。出ましょう」

二人は店を出て、石段をあがっていく。歩きながら、気になっていることを訊いた。

「それで、今、真美子さんは？」

「どこにいるかわからない。でも、連絡はあるから、心配しないで。大丈夫、気持ちの整理がついたら、帰ってくるわ……そういうところのある子なのよ」

希代子が言う。

だけど、ここに戻れば、希代子の夫に再会する。それに、真美子さんは耐えられるんだろうか――。

そう思ったが、言葉にはしなかった。そんなこと、希代子にはわかっているだろう。

三百六十五段の石段を外れて、十分ほど歩いたところに、希代子が若女将を務める旅館があった。

ここも老舗《しにせ》の人気旅館のひとつだ。

希代子は裏口から入ると、若女将の部屋に芳彦を誘って、ピシャリと戸を閉めた。

広縁《ひろえん》のある和室には、中央に布団が敷いてあり、和服をしまうための大きな和《わ》簞笥《だんす》が置いてある。

「こんな時間に、俺を部屋に入れていいのかい。ご主人が来たら……」

「いいのよ。今夜は特別……それに、主人は旅館組合の会合で、東京に行っているから、今夜は帰ってこないわ」

希代子はそう言って、帯を解きはじめた。シュルシュルと衣擦《きぬず》れの音とともに、金糸《きんし》の入った帯が畳に渦を巻く。

「あなたも脱いで」

「いや、だけど……」

「わたしじゃ、いや？」

「いやじゃないさ。だけど、きみは結婚している。これは不倫になるぞ」

「今夜は特別だと言ったでしょ！」

希代子はきりりと眦《まなじり》を吊《つ》りあげた。

「いいから、わたしの気持ちが変わらないうちに……」

希代子は言い出したら聞かないタイプだ。抗《あらが》ってみても、無駄なのはわかっている。

芳彦が裸になる間に、希代子も一糸まとわぬ姿になって、布団に入る。

芳彦がためらっていると、希代子が言った。

「申し訳ないことをしたと反省しているの。だから、これは贖罪《しょくざい》。こうでもしないと、わたしはきみにずっと負い目を感じていかなくちゃいけない。だから、わたしのためなのよ。いいから、来なさいよ。昔から、煮え切らないんだから……早く！」

幼なじみに言われ、芳彦はシャキッとして、掛け布団を剝《は》ぎ、隣に体を横たえる。小さい頃と二人の関係性は変わっていない。

「ほら、腕枕！」

「わかったよ」

芳彦が左腕を伸ばすと、希代子は二の腕に頭を乗せて、こちらを向く。

「わかっていると思うけど、このことは絶対に誰にも言っちゃ、ダメよ」

「もちろん」

言うと、希代子は半身を持ちあげ、じっと芳彦を見た。

アーモンド形の目が妖しく光り、解かれたストレートロングの髪がしだれ落ちている。美人なだけに、その破壊力は凄《すさ》まじい。

幼なじみだという戸惑いが、あっという間に、密かな高揚感に変わった。

「じつは、最近主人とあまりしていないの。夫婦も長くつづけると、セックスに飽きてくるみたい」

希代子はそう言って、胸板に顔を寄せ、キスをする。それから、芳彦の乳首にも唇を押しつけ、舐めてくる。

舌を軽快に躍らせながら、芳彦の感じ方を確かめるように見あげてくる。

さらさらの黒髪をかきあげて、上目遣《うわめづか》いで様子をうかがいながら、乳首に舌を走らせ、手をおろしていく。

すべっていった手が股間のものを確かめるように動いて、それがすでに力を漲らせているのがわかると、ゆっくりと焦らすように撫でてくる。

積極的で支配的な希代子の性格そのもののセックスだった。しかも、巧妙だ。

希代子は左右の乳首を舌であやしながら、肉茎の刺激を徐々に強めていく。

それが完全勃起すると、いったん上体を立てた。ミルクを溶かし込んだような乳房は明らかに妹より大きく、乳首は薄いピンクだ。

見とれている間にも、希代子は肉柱をしごきながら、脇腹をかるいタッチでなぞってくる。

「あっ……！」

思わず声をあげていた。

「ふふっ、感じやすいのね。真美子のセックスはどうだった？」

興味津々《きょうみしんしん》で訊いてくる。

「……良かったよ」

「どういうふうに？」

「すごく感じてくれた」

「でも、受け身で男性経験が少ない感じだったでしょ？」

「そうだな。そのとおりだ」

「想像どおりだわ。それじゃあ、たとえ主人を誘惑しても、落ちないわね」

希代子は自信満々に言う。

（そうか……旦那を妹に寝取られるという不安があったんだな。それで、真美子ちゃんを俺に押しつけようとした）

希代子は芳彦の伸ばした右足にまたがるようにして、肉柱に顔を寄せてきた。

いきりたつものの裏筋を舐めあげながら、太腿の奥を足に擦りつけてくる。

柔らかな恥毛の底はすでに濡れていて、向こう脛《ずね》にぬるっとしたものを感じる。

(こんなフェラは初めてだ)

感嘆《かんたん》している間にも、希代子は上から頬張ってきた。

猛《たけ》りたつ肉柱に唇をかぶせて、ゆったりと顔を振りながら、濡れ溝を向こう脛に擦りつけてくる。

勃起をぐっと一気に奥まで呑み込み、ぐふっと噎せた。だが、怯《ひる》まない。逆に、もっとできるとばかりに深く頬張る。唇が陰毛に接するまで深々と咥え込み、じっとしている。

だが、静止しているのは外側だけで、なかでは下側に入り込んだ舌が勃起の裏筋をちろちろとあやしてくる。青木珠実のフェラチオと同じ舌づかいだ。

やはり、熟練した女性はフェラチオの際に、舌をつかうことに長《た》けているのだろう。

(くっ……さすがだ！)

希代子の顔がゆっくりと上下に動いた。

ぴったりと包み込んだ勃起を柔らかな唇がすべり、往復運動が徐々に速くなっていく。そうしながら、いっそう濡れを増した花肉を、芳彦の向こう脛に擦りつけてくる。

うねりあがる快感に思わず呻いた。

ジュルル、ジュルルルと、希代子は唾音とともに吸りあげて、ちゅぽんっと吐きだした。

すぐに肉茎を握り、しごきながら、アーモンド形の目でじっと見据えてくる。

「まさか、ヨッちゃんにおフェラするとは思わなかったわ」

婉然《えんぜん》と微笑む。

「俺だって、まさかって感じだよ」

「小学生のとき、イジめられていたきみをわたしが助けたことがあったわね」

「ああ……ありがたかったよ。今でも感謝している。あれで、俺へのイジメがぴたりとやんだ」

「感謝してよ。今だって、妹に振られたきみを慰めてあげているんだからね」

「ああ、わかってる」

「ほんとうにわかってる？」

「ああ、もちろん」

「それなら、いいの」

希代子はふたたび顔を伏せて、裏筋をツーッと舐めあげ、亀頭冠の真裏を舌であやす。そうしながら、肉棹を握りしごいている。

しだれ落ちる黒髪をかきあげて芳彦を見あげ、先っぽに唇をかぶせた。

小刻みに顔を打ち振って、敏感な亀頭冠を唾液まみれの唇でしごいてくる。

「ああ、くっ……！」

ジンとした痺れにも似た快感がうねりあがってきた。

そこに、指のストロークが加わる。

「ああ、ダメだ。出てしまうよ」

ぎりぎりで訴えると、希代子は肉棹を吐きだして、またがってきた。

蹲踞《そんきょ》の姿勢になって、猛りたっているものを、台形に繁茂した陰毛の下に擦りつけた。

腰を前後に揺すって馴染ませると、慎重に沈み込んでくる。

いきりたちがそぼ濡れた膣口をこじ開けていって、

「ぁあ、入ってきた」

希代子はうつむいて、結合部分を観察し、

「信じられない。ヨッちゃんのおチンチンがわたしのなかに入ってるのよ」

芳彦を潤んだ目で見た。

「ああ、俺だって信じられないよ」

昔の希代子の記憶がフラッシュバックして、妙な高揚感に襲われる。

「……愉しませてあげる。覚悟なさいよ」

希代子が静かに腰を振りはじめた。

両膝をぺたんと布団に突いて、腰を前後に揺すり、

「ああ、気持ちいい。ヨッちゃん、気持ちいい……」

希代子は心から感じている声をあげ、下腹部をくいっと引いて、前にせりだす。

そのたびに、芳彦の分身は柔軟な膣壁で揉みしだかれて、その摩擦が芳彦を桃《とう》源郷《げんきょう》へと押しあげていく。

「ああ、いい。ヨッちゃんのおチンチン、ぴったりよ……ああ、すごい」

上になって腰を振る希代子は、自分が人妻であることなど忘れてしまったかのようだ。

これは不倫であり、それ以上に、姉とも妹ともセックスした芳彦は、発覚すれ

ば周囲から非難されるだろう。しかし今は、それは考えないようにしている。人は都合の悪いことは、意識から追い出せるものだ。そうでなければ、不倫などできないし、極論すれば、生きていけない。

希代子は後ろに両手を突いて、上体を反らせた。たわわに実った双乳を見せつけて、長い髪を後ろに垂らしながら、腰をくいっ、くいっと鋭角に振っては、

「硬いわ。ヨッちゃんのカチカチよ……ああ、いいの」

うっとりとして言う。

芳彦もその奔放《ほんぽう》な姿に見とれた。

むっちりとした太腿を大きくひらいて、その台形に密生した翳りの底に、自分の男根が嵌まり込んでいるシーンが、目に飛び込んでくる。

希代子が腰を振るたびに、蜜まみれの肉柱が見え隠れして、ぐちゅ、ぐちゅと卑猥《ひわい》な音がする。

とても温かい粘膜に分身が包み込まれて、快感が高まる。

徐々に腰振りの幅が大きくなり、ピッチもあがって、

「ああ、イキたくなったわ」

希代子はゆっくりと上体を立てて、足をM字に開いた。前に手を突いて、尻を高く持ちあげ、そこから振りおろしてくる。

ピタン、ピタンと乾いた音とともに腰が撥ねる。

「あんっ、あんっ……」

希代子が喘ぎ声をスタッカートさせて、あわてて口を手でふさいだ。

右手の甲を口に当てながらも、上下動は止まらない。

ぎりぎりまで持ちあげた腰を振りおろして、

「ぁあん……！」

あふれでる喘ぎを、今度は手のひらで封じ込める。

それでも、腰振りはつづける。

希代子は必死に声を押し殺しながら、上からじっと芳彦を見おろす。

「気持ちいいでしょ？」

「ああ、すごく……」

「これは？」

希代子は肉柱を根元まで膣に呑み込み、腰をグラインドさせた。大きく右にまわして、次に左にまわす。それに縦運動を加えて、

「どう？」

目を爛々《らんらん》とさせて、見おろしてくる。

「気持ちいいよ。出ちゃいそうだ」

「ふふっ、まだ出してはダメよ」

希代子は挿入《そうにゅう》したまま、慎重にまわりはじめた。肉柱を軸に回転していき、真後ろを向いた。

「きみが経験していないことを味わわせてあげる」

そう言って、ぐっと前に屈んだ。尻が突き出されて、銀杏《いちょう》の葉のようにひろがっているヒップの底に、肉柱が嵌まり込んでいるのが見える。

そのとき、向こう脛に何かが触れるのを感じた。

ハッとして、斜め後ろから覗いた。驚いた。希代子は深く前屈して、芳彦の脛を舐めているのだった。

膝から足首へと舌がすべっていく、ぞくっとした寒けにも似た快感が走り、

「くっ……ぁあああ」

芳彦は味わったことのない快感に声をあげる。

「こうしたら、オッパイも当たるでしょ？」

希代子は乳房を足に擦りつけてくる。柔らかくて、量感あふれるふくらみと、硬くしこった乳首の感触の違いがわかる。

希代子が前後に身体をすべらせるたびに、膣も勃起を擦る。尻たぶの底の淫《みだ》らな花に男根が刺さっているのが見える。

ぬるぬるっと膣を舐めあげられて、思わず叫んでいた。

「ああ、気持ち良すぎる！」

バックの騎乗位でまたがった希代子は、何度も向こう膣を舐め、乳房を擦りつけた。

それから、上体を起こし、足をM字に開いて、腰を縦につかった。

「あんっ、あんっ、あんっ」

連続して尻を叩きつけて、

と、甲高い喘ぎをあふれさせる。振り返って、芳彦に訊いてきた。

「気持ちいい？」

「ああ、すごく」

「ふふっ、妹より？」

「えっ……？」

「真美子としたときよりも、気持ちいいのかって訊いているの」

芳彦は仕方なく答えた。

「……ああ、テクニックに関しては、きみが上だ」

「やっぱりね」

案の定、希代子は真美子が気になっているようだ。自分の夫を狙っているのだから、当然なのかもしれないが……。

希代子は結合したまま、まわって芳彦と向かい合った。

そのまま前に倒れて、唇を合わせてくる。

唇を重ね、舌を差し込んできた。舌をねっとりとからめながら、ゆるやかに腰をつかう。

甘い吐息《といき》とともに舌を吸われ、膣粘膜でぐりぐりと勃起を揉まれると、甘い快感がひろがってきた。

希代子もそれを察知したようで、キスをしたまま、腰を激しく上下動させる。

芳彦を仕留めにかかっているのだ。

甘い愉悦《ゆえつ》がさしせまったものに変わった。

6

「待った！」

射精寸前で、芳彦は希代子の腰を押さえつける。

「どうしたの？」

希代子が上から余裕綽々《よゆうしゃくしゃく》の表情で見おろしてくる。

「ゴメン。今度は俺が上になるよ」

「どうして？」

「どうしてもだ」

芳彦は腹筋運動の要領で上体を起こした。

いったん対面座位の形を取って、そのまま希代子を後ろに倒し、その姿勢で打ち込んでいく。

腰をつかみ寄せて、下からぐいぐいと突きあげると、

「くっ……あっ……」

希代子の口から抑えきれない喘ぎが洩れる。

やはり、希代子も女。男主導でぐいぐい攻められれば、感じるのだ。

芳彦は膝を抜いて、覆いかぶさっていく。肩に手をまわして抱き寄せ、唇を重ねる。舌をからめながら、上から力強く押し込んでいくと、

「んんっ……んんんっ……あうぅぅぅ」

希代子は最後に唇を離して、ぎゅっとしがみついてきた。

「気持ちいいだろ？」

「ええ、いいの。ヨッちゃんのアソコ、ちょうどいいの」

「どうしたら、もっと良くなる？」

「乳首をいじって、お願い」

「こうかい？」

芳彦はせりだしている突起の周辺から攻める。ふくらみの頂上で色づいている乳輪を丸くなぞっていると、

「ああ、焦れったい。つまんで、ぐりぐりしてよ」

希代子がせがんでくる。

芳彦は指で突起を挟んで、強く転がす。

「ああ、それ……気持ちいい。気持ちいい……」

希代子が眉根を寄せる。

芳彦が勃起をぐいっとえぐり込むと、

「あはっ……！」

希代子は両手でシーツをつかんだ。

乳首を捏ねながら、ストロークを強めていく。ずりゅっ、ずりゅっと屹立が蜜壺を擦りあげていき、

「ぁああ、気持ちいい！」

希代子がぎりぎりまで顔をのけぞらせた。

芳彦は正常位で挿入しながら、背中を丸めて、乳首を舐める。

抜けるように色の白い乳肌からは、青い血管が透けだしている。その頂に舌を走らせる。

強く舐めたい気持ちを抑えて、柔らかさを保ったまま舌を這わせていると、それがいいのか、

「ぁああ、気持ちいい。ヨッちゃんの舌、すごく気持ちいい。柔らかくて、ぞくぞくする……ああ、欲しくなった。あそこをガンガン突いて」

希代子がせがんでくる。

「こうかな？」

芳彦は上体を立て、希代子の足をつかんで開かせる。

すらりとした足がV字に伸びて、それを支えながら、力強く打ち込んだ。

いきりたつ肉棹が潤みきった肉路をずりゅっ、ずりゅっと擦りあげていって、皺袋《しわぶくろ》が尻を打ち、

「ぁああ、すごい……深く入ってる。ちょっと、これ何？　へんなものがお尻を叩いてくるんだけど」

希代子がびっくりしたように、芳彦を見あげてきた。

「俺のキンタマだよ。タマタマがきみの肛門《こうもん》に当たっているんだ」

「どうして、そんなことができるの、きみのタマタマは大きいの？」

「ああ、そうらしい。だから、激しく腰を振ると、睾丸も揺れて、きみをぶつんだ」

そう言って、芳彦は下腹部を叩きつけた。

肉柱が濡れた粘膜を擦り、切っ先が奥まで届いて、揺れた睾丸がアヌスを打つ。

「へんなの……」

希代子はくすぐったがっていたが、やがて、慣れてきたのか、

「ああん、だんだん気持ち良くなってきたわ。あんっ、あんっ、あんっ……」

後ろ手に枕をつかんで、顎をせりあげる。たわわな乳房がぶるん、ぶるるんと揺れて、長い黒髪が乱れている。

同級生だった希代子が快感にのけぞるさまは、芳彦を昂らせる。

これなら、バックの体勢でタマ打ちをしたら、希代子は昇りつめるだろう。

だが、それは切り札に取っておきたい。

(どうにかして、この状態でイカせたい。イッてほしい。タマ打ちでしかイカせられないのは、寂しい)

芳彦は片足を放して、右手で乳房をつかんだ。希代子は乳首が感じると言った。ならば、こうするほうがいいだろう。

片足を伸ばしたまま上から押さえつけ、右手をぐっと前に突きだして、乳房をつかんだ。その体勢で腰を打ち据えながら、乳房を揉みしだく。

「あんっ、あんっ、あんっ……ぁああ、感じるの」

希代子が心からの声をあげて、後ろ手に枕をつかんだ。

膝を腹につかんばかりに押さえつけられ、乳房を揉み抜かれながらも、睾丸で

アヌスをペチペチと打たれ、

「ぁああ、イクわ。ヨッちゃん、わたし、イキそうなの」

乱れた黒髪が張りつく顔を歪ませて、希代子がさしせまった表情で見あげてくる。

芳彦は徐々にピッチをあげていく。激しく肉棹を打ち込みながら、乳首を捏ねる。

コリコリの乳首をいじり、つづけざまに打ち込んだ。

「あんっ、あん、あんっ……イクよ。ヨッちゃん、わたし、イクよ」

「いいんだよ。イッていいんだ。イケぇ！」

芳彦が深いところにつづけざまに打ち込んだとき、

「あんっ、あんっ、あんっ……イク、イク、イクぅ……！」

希代子が激しくのけぞって、躍りあがった。

(やったぞ。正常位で希代子をイカせた！)

ぐったりした希代子を見おろしながら、芳彦は女体から離れる。

荒い呼吸がおさまるのを待っていると、希代子がにじり寄ってきた。

「もう一回しようよ」

いまだ健在な肉棹をいじりながら、甘く誘ってくる。

「まだ、したいのか？」

「そう。だって、最近していなかったから。今度いつできるかわからないでしょ。やり溜めしておきたいの」

うふっと微笑み、希代子はシックスナインの形で、芳彦にまたがってきた。

芳彦に豊満な尻を向け、自分の愛蜜にまみれた肉棹を情感たっぷりに舐めてくる。

妹の真美子と較べて、はるかに強欲《ごうよく》だ。もっともそれは想定どおりでもある。

女はこのくらい貪欲《どんよく》なほうがいい。もっともそれが長くつづくと、男は逆に、もうたくさん、という気持ちにもなるが……。

希代子と夫が現在セックスレスなのは、そのせいかもしれない。

希代子が肉柱を貪《むさぼ》っている間に、芳彦はクンニをする。

とろとろに蕩けた膣口とクリトリスを舐めしゃぶっていると、

「ああ、欲しい。このギンギンが欲しいのよ」

希代子が勃起を吐きだして、訴えてくる。

芳彦は希代子を這わせて、真後ろにつき、猛りたつものを埋め込んでいく。

「ぁああ、いい……ヨッちゃん、気持ちいい！」

希代子は心底感じている様子で、背中をしならせ、顔をのけぞらせた。

「もう一度、イキたい？」

「ええ……イキたいわ。イカせて」

芳彦は腰をつかみ寄せながら、打ち込んでいく。

少しずつ強く叩きつけると、睾丸も徐々に大きく揺れて、ペチン、ペチンとクリトリスを打ち、

「あんっ、あんっ……ああ、さっきのアレね。ああ、すごい……こっちのほうがずっと感じる。ウソみたい。あんっ、あんっ、あんっ……」

布団に両肘と両膝を突いた希代子は、顔を撥ねあげながら、喘いだ。

「両方、気持ちいい？」

「ええ、あそこもクリも両方、気持ちいい」

「右手を後ろに……」

「こう？」

希代子が右手を後ろに差し出してきた。

芳彦は肘をつかんで、ぐいと引っ張る。

その姿勢で、腰を強く叩きつける。

勃起が深々と嵌まり込み、そのたびに、振り子のように揺れた睾丸が肉芽を叩いて、

「ああ、ウソみたい。これ、深い……突き刺さってくる。動けない。叩いてくる。きみのキンタマが、いいところに当たってる！」

希代子が歓喜の声をあげる。

その身悶《みもだ》えする姿を見て、芳彦も一気に高まった。

最近はタマ打ちを調節できるようになった。

当たり方に強弱をつける。

弱く、弱く、強く——。

リズムにも変化を持たせる。

スロー、スロー、クイックと、ワルツのリズムを繰り返していると、希代子がこちらに顔を向けた。

「遊ばないでよ。一気に来て。止《とど》めを刺して」

悩ましげに眉を八の字に折って、せがんでくる。

芳彦は仕留めにかかった。大きく腰を振って、睾丸でクリトリスをぶつと、

「ぁあああ、来る……来る、来る……いやぁああ！」

希代子は大きくのけぞって、躍りあがった。

がくん、がくんと揺れる腰をつかんだまま、ぐいと止めの一撃を浴びせたとき、

「ああ、また……！」

希代子はもう一度昇りつめ、芳彦も目が眩《くら》むような射精感とともに、男液を放った。

第四章　いつわりの媚態

1

「芳彦、まだ女できないのか?」

こぢんまりした居酒屋で、角張った顔の谷口健太《たにぐちけんた》が心配そうに訊《き》いてくる。

健太は岸川芳彦の幼なじみで三十五歳、温泉饅頭屋《おんせんまんじゅうや》の跡継ぎだ。

店の従業員と結婚して、子供が二人いる。

健太の店の饅頭は、全国的にも知名度が高く、実際、美味しい。健太のようなちゃらんぽらんな性格でも、伝統の味さえしっかり守れば、店は充分にやっていけるだろう。

二人は家が近く、中学校まではクラスも同じで、気の置けない存在だ。

それに、芳彦の旅館で客に出す菓子のひとつは、健太の店の湯の花饅頭だから、両家の関係も深い。

「……女ねえ……できないな、なかなか難しいよ」

そう答える芳彦の脳裏には、竹内玲奈と島田姉妹の顔が浮かんだ。

「一時は真美子ちゃんといい関係だったのにな……フラれたんだって？　残念なことをしたな」

「……ああ」

芳彦は忸怩《じくじ》たる思いで、唇を噛《か》む。

島田真美子はまだ実家に帰ってきていない。姉の希代子からは、真美子は現在、東京のホテルで接客業をしていると聞いた。

おそらく、当面は帰らないだろう。郷里には、姉の旦那と芳彦という逢いたくない男が二人いるからだ。

「あと二カ月で結婚しないと、跡を継げないんだろ？」

「ああ……」

「へんな話だよな。ライオンが我が子を谷に突き落として這《は》いあがってきた子だけを育てる、ってやつか？」

「そうだろうな」

「俺は、芳彦にここに残って、旅館の跡を継いでほしいんだよ……商社を辞めてまで、帰ってきたんだ。どうにかしようぜ。芳彦と結婚したら、旅館の若女将確定なんだから、花嫁候補、山ほどいるんじゃないか？」

「それがな……いろいろあるんだよ」

「煮え切らないよな。芳彦は、昔からそうだったもんな。何なら、俺が結婚相手を紹介してやろうか。俺、けっこう顔がひろいからさ……で、どんな女がタイプなんだ？」

「タイプねえ……とにかく、誠実であることとかな」

「誠実か……そりゃあ、結婚しないとわからないんじゃないの。それより、外見はどうなんだ。痩せてるとか、巨乳がいい、ケツがいいとか、美人系あるいはかわいい系とか、何かあるだろ？」

「……べつにないよ。俺を好きであってくれれば、どんな女だっていい」

「ほんとかよ？」

芳彦はうなずく。ここまでくると、そういう気になる。

「だったら、簡単じゃないか。よし、俺がお前を好きな女、さがしてやるよ。そうだな、まずは、うちの店員だな。うちはオバサンと若い子が半々だからさ、お前の名前を出して、好感触の子と逢わせてやる。いやか？」

「いや、いやじゃないさ。そうしてくれるとありがたい。誠実な女性だったら、いいんだ、ほんとうに」

「誠実な女だな。よし、任せてくれよ」

健太が胸を叩いて、およそ客商売には向いていない、いかつい顔をほころばせた。

あまり期待はしていないが、幼なじみの自分への気持ちがうれしい。

その後、訊かれるままに、商社時代に外国で働いていた体験談などを話していると、女が芳彦たちの席に近づいてきた。

年齢は二十代後半だろうか、メガネをかけている。初めて見る女性だ。

「あの……すみません。二人のお話が聞こえてしまって……ちょっとよろしいですか？」

「ああっ、果耶《かや》ちゃん！」

健太が女に応対した。かなり親しそうだ。

「どうしたの。果耶ちゃんもこんなお店に来るんだ？」

健太がびっくりしたように言って、芳彦に紹介した。

「こちらはS市役所に勤めている平林《ひらばやし》果耶さん。二十九歳だけど、芳彦とは同じ小学校でも、覚えてないよな？」

「ああ、ゴメン。もう二十年以上も昔のことだからね」

「いいんです、それは……それより、岸川さん、M旅館の若旦那ですよね？」

「ええ、まあ……正確に言えば、支配人見習いですけどね」

「知りませんでした。商社マンをやられていたんですか？」

果耶がメガネの奥の瞳をきらきらさせる。

「え、ええ……まあ。大した商社マンじゃなかったんですが……」

芳彦は頭を掻く。

果耶が畏《かしこ》まって言った。

「わたし、じつはS市役所の観光促進課に勤めているんですけど……」

果耶が名刺を出した。

「まあ、座りなよ」

健太が椅子を勧めて、果耶が腰をおろした。

長い髪を後ろでまとめて、メガネをかけ、化粧っ気がないので、ぱっと見には野暮ったい感じがするが、じっくり見ると、顔だちのととのった美人である。

市役所勤めなので、質素にしているのだろう。

果耶が、ひとりで呑《の》んでいたテーブルから、生ジョッキとオツマミを持ってきた。

「まずは、乾杯しようぜ」

健太の音頭で、三人はカチンとジョッキを合わせる。

果耶が口をつけて、一口呑んでから、ふたたび切り出した。

「あの……さっきの件ですが……じつは、うちの観光促進課は今、外国人の訪日旅行、つまりインバウンド促進に力を注いでいるんです。でも、なかなか上手くいかなくて……さっき岸川さんが商社マンだったとうかがい、ぜひ、アドバイスをしていただきたいと思いまして……」

果耶がおずおずと芳彦を見あげる。

芳彦としては、現在、それどころではない状況にある。少し迷ったが、外国人招致なら、多少は意見できるかもしれない。それに、美人の果耶に頼りにされると、ノーとは言えなかった。

「いいですよ。ただし、どれだけ期待に応えられるか、わかりませんが……」

「ああ、よかった。ありがとうございます」

果耶が心からうれしそうに言うので、芳彦も思わず、これでよかったんだという気持ちになった。
同時に、不思議な魅力を持った女性だと感じた。
おそらく、仕事に一生懸命だから、周囲の者もつい助けてあげたくなるタイプなのだ。
「それで、近々、インバウンド促進対策会議が市役所で開かれるんですが、出席
してくださいませんか？」
果耶の提案に、少し迷った。そんなことに首を突っこんでいる暇はない。あと
二カ月以内に結婚相手をさがさなければいけないのだ。
すると、健太が芳彦の事情を察したのか、
「じつはさ……」
と、芳彦が直面している難題を話そうとする。
芳彦はとっさに健太を制して、
「いいですよ。出席します」
答えを返した。
すると、健太が「大丈夫なのか？」という顔で、芳彦を見る。
芳彦がうなずくと、健太は押し黙った。

「ありがとうございます。それで、現在のうちの状況はですね……」

と、果耶が観光促進課の現状を話しはじめた。

この地には、ハワイ王国大使の別邸が明治時代からあり、その結果、今でもハワイとは交流があって、実際子供たちのホームステイなどが行われている。今も、八月には盛大なハワイアン・フェスティバルが開催され、両国のフラダンスなどが披露される。

だから、ハワイ在住の人とは交流があるのだが、そこ以外の外国人があまりやってこない。観光地の興亡は、いかにインバウンドを増やすかにかかっている。そのへんのアイデアをちょうだいしたい——という。

果耶は十五分ほど独演会を行った。

それから、あまりにも自分だけがしゃべりすぎたと感じたのだろう、急に真剣な顔になって、

「ゴメンなさい。夢中になってしまって……しゃべりすぎましたね。そろそろ帰ります。岸川さん、追って、会議の開催日はお知らせしますので、よろしくお願いします」

深々と頭をさげて、帰っていった。

健太が笑いながら、言う。

「いや、すごかったな」

「ほんと、嵐に巻き込まれたみたいだったよ」

笑って答えながら、芳彦はどこかすがすがしい気持ちになっていた。

健太によると、平林果耶は現在独身で、地元の大学を卒業後、市役所に勤めている。

とにかく真面目《まじめ》で、浮いたウワサはまったくなく、ひたすら役所の仕事に邁進《まいしん》しているとのことだ。

「あんまり色気はないけど、お前の言う誠実さなら、このへんじゃ、ピカイチじゃないかな。まあ、誠実というより、一生懸命って感じだけどな……だけど、驚いたよ。突然の依頼なのに、芳彦が会議に参加するとはな……お前、そんなことしてる暇などないだろ?」

「わかってる。だけど、なぜか断れなくてな……」

「お前、ひょっとして果耶ちゃんに惚れたか?」

「そうじゃないさ」

芳彦は笑って誤魔化した。惚れたかどうかはわからない。しかし、その一途《いちず》さに感銘《かんめい》を受けたことは確かだった。

「芳彦が若女将候補の嫁さんをさがしてること、俺が言おうとしたら、止めただろ。なんでだ？」

「真摯《しんし》に仕事してる人に、余計なことを言いたくなかったんだ」

「……なるほどな」

健太は納得したのか、うんうんとうなずいた。

話題を変えて、友人の近況を聞いていると、健太がハッとしたように言った。

「思い出したんだけど、中学で一学年下の山口五月《やまぐちさつき》って、知ってるだろ？」

「ああ、俺たちのマドンナ的存在だったな。男子生徒での人気投票でも一番だった。彼女、今、どうしてる？」

「五月ちゃん、二年ほど前に離婚したんだ……そうだ、可能性があるんじゃないか？　今度、紹介するよ。ここまできたら、バツイチなんてかまっていられないだろ？」

「そうだな。俺だってバツイチだしな」

「じゃあ、バツイチ同士、気が合うんじゃないか。五月ちゃん、今も超カワイイぞ」

二人はかつての学園のマドンナ、山口五月の話で大いに盛りあがった。

閉店時間になり、店の前で別れ際に、健太が言った。

「じゃあ、とにかくお前を好きそうな女を紹介してやるから。断るなよ」

「ああ、わかった。期待してるよ」

「じゃあな」

健太は手を振りながら、石段を千鳥足《ちどりあし》でおりていった。

2

翌週、市役所の会議室で開かれたインバウンド促進会議で、芳彦は、いかにI温泉の魅力を外国に伝えられるかが第一で、そのためには、ガイド本にI温泉地の魅力を掲載してもらうことと、外国の旅系ユーチューバーを招待して、製作した映像を彼らのチャンネルにアップしてもらうことなどを提案した。

そして、商社時代に知り合った米国人のユーチューバーを紹介した。

とにかく情報が命なのだ。そのために、この辺に在住している外国人を臨時に雇い、各国の言語をつかって、I温泉地の魅力を短い動画にまとめ、それを発信することが大切だと力説《りきせつ》した。

また、外国人は温泉に大変興味を持っているが、他人との一緒の入浴には抵抗を感じるから、宿泊施設では貸切り風呂を多く設置したい、足湯は気軽に温泉気分を味わえるので、もっとアピールしてもいいのでは、などと強調した。

「ここは、昭和レトロの街並みが残っています。たとえば、アメリカは国の歴史が浅く、古い街並みのほうが受けがいい。それに、三百六十五段の石段も一年三百六十五日を象徴しており、これをのぼりきることで寿命が一年長くなる、などと宣伝することも可能です。とくに、石段の上のほうにある、あの赤い太鼓橋と露天風呂、そして、のぼりきったところの神社は、すごく意味がある。のぼりきれば御利益《ごりやく》がある、という売り方もいいでしょう。推《お》しの食べ物としては、実際に美味しい温泉饅頭とソウルフードの焼き饅頭はイケるんじゃないでしょうか」

芳彦は、自分でも驚くほど懸命に説明していた。

出席者からは、他にも様々な意見が活発に述べられた。インバウンドの増加が、Ｉ温泉郷の生死を握っているからだ。

数時間の会議が終わり、市役所を出ようとしたとき、果耶が駆け寄ってきた。

「今日はありがとうございました。うちの課もみんな参考になったと喜んでいました。ありがとうございます」

芳彦の手を両側から握って、深々と頭をさげた。

「いいんですよ。俺も郷土愛に目覚めさせてもらいました。うちも、足湯と貸切り風呂の増設に取り組もうと思っています。胡座《あぐら》をかいたら、終わりですから」

「そう思います。あの……」

「何でしょうか？」

「このお礼にというのはなんですが、デートしませんか？」

「えっ、デートですか？」

「はい……個人的な食事会です。公務員なので、接待はできませんので」

「ああ、そういう意味のデートですか……もちろん、いいですよ。デートしましょう」

「よかった。じゃあ、また連絡いたしますね」

そう言って、果耶は足早に去っていった。

デートと言われて、ドキッとした。公的には奢《おご》れないが、プライベートなら大丈夫ということなのだろう。

期待していたものの、果耶は多忙なようで、なかなか連絡がこなかった。

そんなとき、健太から誘いがかかった。

指定された日の夜、居酒屋で、我らのマドンナ、山口五月が待っていた。

健太からの電話では、芳彦の名前を出したところ、感触は悪くなかったと言っていた。

ひさしぶりに逢う五月は、とても三十四歳とは見えないほどに若く、肌の艶《つや》もよかった。

「おひさしぶりです」

五月がにこっとしたとき、芳彦は中学時代に連れ戻されたようだった。笑窪《えくぼ》ができる笑顔は、当時と同じように、破壊力抜群だった。

みんな、この愛くるしい笑顔にめろめろだったものだ。

小柄だが、かわいい系の容姿で、白い肌はむちむちしている。タイトフィットのニットを突きあげた胸も大きかった。

バツイチだと聞いたが、こんなかわいい女性と別れた男の気持ちがわからない。

席につき、三人は生ジョッキで再会を祝った。

健太も、五月と呑めることがうれしいらしく、機嫌がよかった。

そして、五月のこれまでの人生を代弁するように語りだした。

東京の大学を卒業した五月は、地元では有名な精密機械メーカーに事務員として入社した。そして、上司であった男と結婚したが、性格の不一致で別れた。今は、駅前の不動産屋で働いているらしい。

別れた理由の『性格の不一致』が気になったが、夫婦の関係は、なかなか外部からは窺《うかが》いしれないものだ。

「だからさ、二人はお似合いだと思うんだ。バツイチ同士だしさ……」

バツイチをことさら強調しなくてもいいのに、そう言って、健太は二人の顔を交互に見る。

「……それに、訊いたら、五月ちゃん、芳彦のこと嫌いじゃないって言うしさ。五月ちゃん、美人だし、これまできちんと仕事をしてるし、若女将としても充分にやっていけると思うんだ。だからさ、酒を酌《く》み交わしながら、考えてみてよ。俺は用があるから、退散する。じゃあな」

健太は芳彦にウインクして、帰っていった。

健太の思いは充分に伝わってきた。それに、芳彦にとって、五月は中学時代には眩《まぶ》しいほどの存在で、高嶺《たかね》の花だった。

今も、憧《あこが》れの感情は色濃く残っていて、こうして今、あの山口五月と一緒に酒を呑んでいるだけで、そわそわして、気持ちが落ちつかない。

何から話そうかと悩んでいたら、五月のほうから口火を切ってくれた。

「何か、わたしたち、お見合いをしているみたいですね」

そう言って、にこっとする。向かって右側に笑窪ができて、口角《こうかく》がきれいに吊《つ》りあがっている。

（ああ、この顔だ……！）

中学時代に男子生徒をほっこり、きゅんきゅんさせた笑顔は、三十四歳になった今も健在で、芳彦もあの頃みたいにうっとりしてしまう。

それに、このタイミングでのこの言葉は、二人のお見合いじみた雰囲気を和《なご》ませるには、最適だった。

「そうですね、確かに」

芳彦は笑った。すると、それに応えて、ふたたび五月も笑い、そのことで、二人の仲が急速に縮まった。

しかし、中学時代にもほとんど会話らしきものを交わしていなかったので、何を話せばいいのかと、迷いは消えない。すると、それを察したように五月が訊いてきた。

「岸川さんは、商社にお勤めだったんですよね。どんなお仕事をされていたんですか？」

「主にアパレル系の輸出入を担当していました。それで、ヨーロッパやアメリカ、アジアなどに頻繁に行きました」

芳彦は答える。

実際は活躍できたのも数年で、その後、会社の派閥問題で主要路線から外されて、最後は総務部の閑職にまわされた。

だが、自分の人生でもっとも華やかだった頃のことを他人に話すのは、心が晴れやかになる。

外国での出来事などをおもしろおかしく話すと、五月は絶妙なタイミングで相《あい》槌《づち》を打ち、詳細なことも訊いてくるので、芳彦も気分がよくなった。

五月の手のひらの上で転がされている気がしないでもないが、それも女の才能のひとつだ。

芳彦にとって、五月はかつては高嶺の花だった。その女性と、健太の紹介とはいえ、こうやって『お見合い』をしている。

それに、五月のように会社で働いている女性なら、旅館の仕事だって充分にこなせるだろう。ましてや、五月の容姿なら、若女将として人気者になる可能性が高い。

（もしかして、いい流れがきているのではないか？）

芳彦は確かめてみた。

「あの……たとえば、うちの旅館の若女将になることは、どうお思いですか？」

「どうと、いいますと？」

「つまり、若女将を務めていただけるかと、いうことです」

「……老舗《しにせ》旅館の若女将なら、やり甲斐《がい》はあると思います」

五月はきっぱりと言って、まっすぐに見据《みす》えてくる。

「そうですか！」

「ただ……」

「えっ、何ですか？」

「いえ……」

五月が口ごもった。

「何かあるなら、言ってください」

「いえ、何でもないんです。ゴメンなさい」

五月が頭をさげたので、芳彦もそれ以上は訊かないことにした。だが、若女将はやり甲斐のある仕事だと言ってくれた。

ということは、即ち自分との結婚も視野に入れているのではないか――。

かすかだった希望が急激にふくらんでくる。

芳彦は積極的に会話をし、二人は随分と距離が縮まった。

さすがに、再会したばかりなので、それ以上の進展はなかったが、思い切って次回のデートを切り出したところ、三日後の夜に逢う約束を取りつけた。

三日後――。同じ居酒屋で二人は逢った。

五月がM旅館に行ったことがないと言うので、

「それなら、今から、うちの旅館に行きましょう。案内しますよ。ぜひ、見ておいてください」

芳彦は間髪《かんはつ》をいれず、そう提案した。

五月が受け入れてくれたら、結婚する気があると判断してもいい。

「お願いします」

芳彦が頭をさげると、五月は迷いを吹っ切るように、

「わかりました」

と、笑顔を浮かべて応じた。

（よし、イケる！）

芳彦は嬉々《きき》として、居酒屋を出て、五月をＭ旅館へと連れて行った。

今回は玄関から入った。すると、ちょうど遅番だった青木珠実がいて、五月を見るなり、

「五月ちゃんじゃないの。ひさしぶり！」

と、明るく声をかける。

二人は二学年離れているが、小学校時代から交友関係にあり、お互いをよく知っているという。

珠実を呼び寄せて、小声で打診してみた。

「じつは、友だちに五月ちゃんを紹介してもらったんだ。若女将になる気はあるみたいなんで、うちに連れてきた……どうかな？」

「さあ……。芳彦さんのお気持ちはどうなんですか？」

「ああ、俺にはもったいないくらいの人だと思っていますよ」

「わかりました。協力します。あと、二カ月ですからね。でも、あの……」

「何ですか？」

「いえ、いいんです。じゃあ、芳彦さんはお風呂に入って、部屋にいてくださ い。こっちで旅館のなかを案内してから、五月ちゃんを部屋まで連れて行きますから」

「……わかった」

珠実は向き直って、

「じゃあ、わたしが旅館を案内しますね。五月ちゃん、来て」

五月と親しそうに会話を交わしながら、二階へとつづく階段をあがっていった。

3

従業員用温泉につかって、部屋で待っていると、五月がやってきた。

旅館備えつけの浴衣《ゆかた》を着て、

「お待たせしました」

微笑《ほほえ》みながら、部屋に入ってくる。

部屋にはすでに布団が敷いてあって、それをちらりと見て、一瞬顔がこわばった。が、すぐに和《なご》やかな表情に変わる。

「そこに、どうぞ」

座卓の反対側の座椅子を指すと、五月はためらうことなく座って、大きな目で芳彦を見た。

「旅館はどうでしたか？」

「素晴らしいと感じました。細かいところまで目が行き届き、さすが、おもてなし度一番の旅館だと思いました」

「そうですか……でも、建物が古いでしょ？」

「いいんじゃないですか。古いほうが落ちつけるし、歴史を感じます」

「お風呂は？」

「はい……大浴場に入ったんですが、露天風呂とつながっていて、とてもいいと感じました」

五月が心から満足している様子なので、芳彦もうれしくなった。

（五月ちゃんが若女将になってくれれば、最高だ……あとは、俺次第だ）

芳彦は勇気を振り絞って、席を立ち、五月の背後にまわった。

「あなたにうちの若女将になってほしい」

耳元で思いを告げた。

「ほんとうに、わたしでいいんですか？」

「もちろん。中学のときから、五月さんは憧れの人でした。そんな女性が若女将になってくれれば、これ以上のことはない」

そう言って、芳彦は後ろから静かに抱きしめた。

それから、五月を立たせて、布団へと連れて行く。

五月はされるがままで、白いシーツに横たわり、下からじっと見あげてきた。

中学校のときのマドンナが今、自分に抱かれようとしている——。

胸の鼓動が高まり、芳彦は舞い上がった。

幾何学《きかがく》模様の浴衣を着た五月が、大きな瞳で芳彦を見る。

その瞳はどこかぼうっとして、ミドルレングスの髪が枕に散っている。

「うちの若女将になってくれるね？」

確かめたくて訊くと、五月は小さくうなずいた。

あまりにもスムーズに事が運びすぎて、何だか怖い。しかし、上手くいくときはこんなものなのだろう。

それに、芳彦は五月となら一生をともにできそうな気がする。

慈《いつく》しむように、かるくキスをする。

チュッ、チュッとついばむようにすると、五月もそれに応えて、唇を尖《とが》らせる。

キスをおろしていき、首すじに唇を押しつけると、それだけで、

「あっ……！」

五月は敏感に反応して、顔をのけぞらせた。

かつては学校のアイドル的存在だった五月だが、今はすでに結婚経験のある三十四歳。身体は開発されているのだろう。

首すじにキスをしながら、浴衣の腰紐を外した。

浴衣の前を開くと、五月は恥《は》ずかしそうに乳房を手で隠した。

その手をつかんで、顔の横に押さえつける。

現れた乳房は想像をはるかに超えて、たわわに実り、中心の乳首がすでに勃《た》っている。丸々とした量感のあるふくらみの中心に、ひろい乳輪が粒立っていて、濃いピンクの乳首がツンと上を向いていた。

母性を感じさせる乳房を見て、やさしい気持ちになった芳彦は、そっと揉《も》みながら、唇を押し当てた。

柔らかく沈み込む乳肌を撫《な》でてあげながら、尖っているものにチュッ、チュッとキスをした。

「んっ……んっ……」

五月はビクン、ビクンと反応する。

芳彦は丹念《たんねん》に乳首をかわいがり、脇腹や太腿《ふともも》を手で慈しむように撫でた。そのたびに、五月は「あっ、あっ」と声をあげて、身をよじる。

その肌は美肌の湯につかったせいか、いっそうすべすべとして光沢感がある。触っていて気持ちいいきめ細かい肌をなぞり、乳首を舐《な》めしゃぶる。

すると、五月は右手で口を抑えて、必死に喘《あえ》ぎを押し殺しながらも、愛撫《あいぶ》に応えて身体を震わせる。別れてから、男とのつきあいはないと言っていたから、身体が待望の愛撫に応えてしまうのだろう。

芳彦は右の腋《わき》の下に顔を寄せて、キスをした。

「あっ……そこはいけません」

「いいんだ。温泉の匂いがする。一緒になるんだから、すべてを見せてほしい。俺もそうする」

そう言って、芳彦は腋窩《えきか》に舌を走らせる。きれいに剃毛《ていもう》された窪地《くぼち》をスーッと舐めあげると、五月はのけぞりながら喘ぎ、いけないとばかりに口を手でふさいだ。

「ぁあああ……！」

「気持ちいいんだね？」

五月がうなずく。その目が潤《うる》んで、どこかとろんとしている。

芳彦は丹念に腋窩を舐める。女性が恥ずかしがる部分を舐めるのは、心躍るものがある。感じてくれると、いっそうその悦《よろこ》びが大きくなる。

丹念に舐めてから、二の腕へと舌を這いあがらせる。

「ぁあああ……！」

五月の洩《も》らす喘ぎがいっそう高まり、左右の膝《ひざ》を合わせて、太腿を擦《こす》り合わせている。

芳彦は二の腕から腋の下を経由して、脇腹に舌を走らせる。

すると、ひと舐めするごとに、五月は身悶《みもだ》えするように裸体をくねらせ、断続的な喘ぎを洩らす。

舐められると、いっそう感じるようだ。

芳彦は顔をおろしていき、腰枕を腰の下に置いた。

膝をすくいあげて、むっちりとした白いもち肌のような太腿の奥へと、顔を寄せていく。

「ぁああ、恥ずかしいわ」

閉じようとする膝の裏をつかんで、強引に開きながら持ちあげる。浴衣がまくれあがって、下半身が完全にあらわになった。

黒々とした自然のままの繊毛《せんもう》が三角にびっしりと恥丘《ちきゅう》を覆《おお》っている。その野性的な陰毛と、五月の愛らしい容貌とのギャップがたまらない。

色素沈着の少ないふっくらとした肉厚の肉びらが、わずかにひろがって、内部の赤い粘膜をのぞかせている。

愛蜜の湧出量は豊かで、すでに周囲までもが透明な蜜で覆われていた。

肉びらの狭間《はざま》を舐めあげると、ぬるっとした粘液が舌にからみついてきて、

「ぁああうぅぅ……！」

五月が手で口を押さえながら、顔をいっぱいにのけぞらせた。

やはり、一度結婚しているせいか、感受性が抜群だ。

上方で顔をのぞかせているクリトリスに、ちろちろと舌を走らせると、

「あっ……あっ……ああ、ダメっ……そこは……はうぅぅ」

五月が大きく顔をのけぞらせる。

女性が「ダメ」と言う場所は、押しなべて強い性感帯だ。意識しなくても、舌を柔肉芽《にくが》の包皮を剝《む》いて、じかに肉真珠《にくしんじゅ》に舌を這わせる。意識しなくても、舌を柔らかくつかうことができるようになっていた。

縦に舐め、横に弾《はじ》き、全体を頬張《ほおば》るように吸うと、

「ぁあああ……ダメっ。イキそう……岸川さん、ちょうだい。あれをちょうだい」

五月が焦点を失ったような目を向けてくる。

芳彦は上体を立てて、そそりたっているイチモツを、密生した陰毛の底に押し当てた。

位置をさぐりながら、ぬめっている箇所《かしょ》をなぞるだけで、

「ああ、ください……ください」

五月はみずから恥肉を擦りつけてくる。

（ああ、中学のアイドルだった山口五月も「女」だったんだな）

芳彦はひどく昂《たかぶ》り、いきりたつものを埋め込んでいく。膝裏をつかんで開きながら、押し込むと、窮屈なところを押し広げていく感触があり、

「はうぅぅ……！」

五月がのけぞりながら、手のひらを口に当てて、声を押し殺す。

（くっ……！）

と、芳彦も歯を食いしばって、暴発をこらえた。それほど、五月の肉路は具合が良かった。

ねっとりとした肉襞《にくひだ》がからみついてくる。

芳彦は両膝をすくいあげながら、じっくりとピストンをする。

膣《ちつ》の粘膜がざわめきながら締めつけてきて、芳彦も一気に快感が高まる。

（ダメだ。具合が良すぎる……ここは体位を変えないと、出してしまう）

芳彦は膝を放して、覆いかぶさっていく。

肩から手をまわし、抱き寄せるようにして唇を重ねる。

すると、五月は情熱的に舌をからめてきた。二人の舌がからみあい、唾液を吸いあった。

五月の膣は性感の昂りそのままに、ぎゅっ、ぎゅっと勃起《ぼっき》を締めつけてくる。

（ああ、五月ちゃん……）

まさか、山口五月を抱けるなんて、今までつゆとも思わなかった。

夢のような現実に舞いあがりながらも、キスをおろしていく。

首すじから肩口へと唇を移し、舌を這わせると、

「ぁあああ、いい……芳彦さん、気持ちいい」

五月がぎゅっと抱きついてきた。

芳彦も抱き寄せながら、腰をつかう。ゆっくりと抜き差しすると、

「ああ、先輩とこうなるなんて……」

五月がしがみつくようにして、またキスを求めてくる。

芳彦もキスに応えながら、ゆっくりと腰をつかった。

ギンギンにいきりたつものが体内を擦りあげていき、五月は顔を離して、

「ぁああ、気持ちいい……わたし、気持ちいいです」

下からとろんとした目で見あげてくる。

「五月ちゃん、あの頃からこうしたかった。きみと再会できて、最高にうれしいよ」

芳彦が言うと、

「わたしも……先輩が帰ってきてくれて、ほんとうによかった」

嬉しい言葉を返してきて、芳彦の顔を引き寄せ、また唇を合わせてくる。

（きっと、キスされながら嵌《は》められるのが好きなんだろうな……）

芳彦は唇を合わせながら、徐々に打ち込みのピッチをあげていく。すると、五月は、

「んんん、んんん……」

キスしたまま、くぐもった声をあげ、ますますぎゅっと抱きついてくる。

芳彦は舌をからめながら、ズンッ、ズンッと強く打ち込んだ。

「んっ……んっ……」

五月はいっそう舌を強くからめながら、みずから足をM字開脚して、屹立《きつりつ》の先を奥へと導く。

芳彦はキスをつづけながら、ぐい、ぐいと膣をえぐりたてた。

やがて、五月はキスできなくなったのか、顔をのけぞらせて、

「あんっ……あんっ……あんっ……」

愛らしい声をスタッカートさせる。

芳彦はいったん上体を立てて、両膝の裏をつかんで開かせ、イチモツを差し込んでいく。

打ち据えるたびに、はだけた浴衣からのぞく丸々とした乳房が、ぶるん、ぶる

るんと波打ち、

「ぁあぁ……芳彦さん、いいの。いいんです……ぁあああうぅぅ」

五月は顎《あご》を反《そ》らせ、両手でシーツを鷲《わし》づかみにする。

芳彦が両膝の裏をつかむ手に力を込めると、五月の腰がいっそう持ちあがり、その分、抽送《ちゅうそう》が深くなった。

奥をぐいぐいえぐった。

「ぁああ……芳彦さん、すごい……イキそう。芳彦さん、キスして。キスしながらイカせて」

五月がぼうっとした目を向けて、せがんでくる。

芳彦は覆いかぶさるように唇を重ねながら、腰をつかう。

みずから両足を大きく開いて、勃起を深いところに導いた五月は、

「んんんっ……んんんんっ！」

重ねた唇の間から、さしせまった声をあげて、ぎゅっとしがみついてきた。

芳彦の肩にまわした手に力が入り、ガクガクと身体が震えだした。

（イクんだな……イッていいぞ！）

芳彦が連続して突いたとき、五月は唇を離して、

「んんんっ……んあああ、イキます……やぁあああああ！」

ほとんど絶叫して、のけぞり返った。

それから、躍りあがるようにして、絶頂に身をゆだねる。

かろうじて射精をせずに済んだ芳彦は、波が通りすぎるのを待って、五月を布団に這わせた。

浴衣を脱がせて、四つん這いにさせる。

気を遣《や》ったせいで、五月は色白のもち肌にうっすらと汗をかいていた。その汗が弓なりにしなった背中をわずかに光らせる。

艶《なま》めかしい光景に、芳彦の分身はますますいきりたつ。

ぐったりして、いまだオルガスムスの余韻《よいん》から抜けきらない五月は、尻が満月のように白くぬめ光っている。

引き寄せると、セピア色の窄《すぼ》まりが収縮して、それが五月の羞恥心《しゅうちしん》を伝えてくるようだった。

その下でいまだ閉じきらない肉びらの狭間から、鮮紅色の粘膜があらわになり、とろっとした蜜が内腿に一筋伝い落ちていた。

芳彦は膝を突いて、いきりたちを導いた。

呼吸するたびにわずかに開閉する膣口に押し当てて、腰を進めると、それがぬるぬるっと嵌まり込んでいって、

「はうぅぅ……！」

五月が生き返ったかのように喘いで、背中をしならせる。

（くうぅ……！）

と、芳彦も奥歯を食いしばる。

一度気を遣った五月の体内は、さっきより力が抜けたのか、柔らかな粘膜が寸《すん》分《ぶん》の隙もなく、硬直にまとわりついてくる。

まるで、ぬるぬるとした分泌液《ぶんぴつえき》を宿した襞を持つ生き物に、からみつかれているようだ。

しかも、その生き物はくねくねとうごめきながら、締めつけてくる。

芳彦は精を放ってしまいそうな予感に動きを止めた。

おさまるのを待って、ストロークをはじめる。

腰をつかみ寄せて、ゆったりと抜き差しをする。すると、五月はそのスローピッチがいいのか、

「ぁあああ、あああぁ……気持ちいい。いいんです」

心から感じている声を放って、伸ばしていた両手を折り、両肘を突く。

その分、頭が低くなって、腰が高くなり、その織りなす曲線が美しく、とても卑猥《ひわい》でもあった。

まったりとからみついてくる肉襞を押し退けるように、屹立を押し込んでいく。

徐々にピッチをあげて、深いところに届かせると、

「あんっ……！　あんっ……！」

五月は喘ぎを高く放って、顔をのけぞらせる。

もち肌がところどころ桜色に染まり、噴きだす汗が蛍光灯の明かりを反射して、妖《あや》しく光っている。

「右手を後ろに」

指示をすると、五月がおずおずと右手を後ろの芳彦に向かって、差し出してきた。芳彦はその腕をつかんで、後ろに引っ張った。

「ぁあ……これ」

五月が一瞬半身になって、悩ましい顔を見せる。

ミドルレングスの髪が乱れて、額《ひたい》や頬に張りついている。そして、眉根《まゆね》を寄せ

た表情は、日頃の五月からは想像もできないほど悩殺的だった。

腕をつかんで、後ろから打ち込むと、

「あんっ……あんっ！」

五月が喘ぎを撥《は》ねさせる。

さらに腰を強く振ると、睾丸《こうがん》がメトロノームのように揺れて、クリトリスを叩き、

「ぁああ、これは？」

五月がびっくりして芳彦を見る。

「睾丸が五月ちゃんのクリを叩いているんだ。いやだったら、やめるよ。どうする？」

「……つづけてください」

五月が恥ずかしそうに答える。

ということは、気持ちいいのだ。やはり、どの女性でもクリトリスは強い性感帯であり、そこを柔らかなキンタマ袋で叩かれると、それが快感につながるのだろう。

芳彦は睾丸がクリトリスにぶつかるように調整しながら、腰を振る。

屹立が深いところに嵌まり込み、そのたびに、いなり寿司に似た睾丸袋がペチン、ペチンとクリトリスを叩く。

「あんっ、あんっ、あんっ……ぁあああ、へんよ。へん……」

五月が顔をのけぞらせて、さしせまった様子で、もっととばかりに尻を突き出してくる。

「いいんだ。おかしくなっていいんだよ」

そう言いながら、いきりたちをえぐり込んでいくと、五月の様子がいよいよ逼《ひっ》迫《ぱく》してきた。

「あんっ、あんっ、あんっ……気持ちいい……ぁああ、もう、ダメっ……イキそうなの。わたし、またイッちゃう！」

五月が感極まったように顔をのけぞらせる。

「いいんだよ。イッて……」

芳彦は右腕を後ろに引きながら、肉茎を打ち込んでいく。

勃起が深々と突き刺さり、同時に皺袋《しわぶくろ》がリズミカルにクリトリスを正確に叩いていることがわかる。

同時に、芳彦自身も高まっていく。

「ああ、気持ちいい……俺も気持ちいいよ……そうら、五月ちゃん、イッていいよ。ぁああ、五月！」

最後は呼び捨てにして、連打したとき、

「あんっ、あんっ、あんっ……ぁあああ、来るわ……来る。来ちゃう……いやぁあああああぁぁぁ、くっ！」

五月が思い切り背中を反《そ》らせて、がくん、がくんと躍りあがった。

もう一撃浴びせたとき、芳彦も目眩《めくるめ》く絶頂へと押し上げられた。


射精の後の「賢者タイム」を味わっていると、五月が浴衣を身にまとって、立ちあがった。

芳彦も立って浴衣をはおったとき、いきなり五月が、畳に正座して、

「ゴメンなさい。芳彦さんに秘密にしていたことがあります」

おずおずと芳彦を見あげてくる。

「えっ、秘密？」

「はい……じつは、わたしには二人の子供がいます。七歳と五歳になる男の子です。すみませんでした。言えなくて……ゴメンなさい」

五月が額を畳に擦りつけた。

「……ほんとうなんですか？」

「はい……谷口さんに、子供のことは伝えないから、秘密にするように言われて、それで……」

芳彦は唖然としてしまって、どう答えていいのかわからない。

谷口健太は、子供が二人いることを先に告げたら、芳彦は縁談に乗ってこないだろうから、内緒にするように指示をしたのだ。

ハメられた――。

だが、さほど怒りは感じない。きっと、五月を抱いてしまったからだ。そういう意味では、健太と五月の企《たくら》みは成功した。

「……いや、子供がいても、別に俺は……」

と、答えるしかなかった。

「でも、男の子が二人ですよ」

芳彦はどう答えていいかわからない。基本的に実家のM旅館は世襲制だから、五月の子供が跡取りになる可能性がある。それを、周囲はどうとらえるか。

いや、周囲ではなく、自分の思いがどうなのかだ。

（俺はそれを認められるのか？）

そんな逡巡《しゅんじゅん》が伝わったのか、

「ですから、わたしは芳彦さんと一緒になれないし、ここの若女将になる資格もないんです」

五月が顔をあげて、じっと芳彦を見た。

「いや、子供がいても、資格がないってことはない。俺も別に、そのことをどうこうは思わない」

「それは、心に正直でないと思います。そうですよね？」

芳彦はそれを否定できない。

五月と結婚して、自分との間に子供をもうければ問題ないのではないか……しかし、子供ができるとは限らない――。

（それに、俺は二人の男の子を我が子のように愛せるのか？）

思い悩んでいるうちに、五月が言った。

「谷口さんに、子供のことを隠して芳彦さんに一度抱かれてしまえば、やさしい男だからと言われて……でも、間違いでした。ゴメンなさい。こんなことをして一緒になっても、上手くやっていけるはずがないんです。だって、わたしはウソをついて、あなたと寝たんですよ。そんなわたしを芳彦さんは心から愛することはできないと思います……。谷口さんを怒らないでくださいね。老舗旅館の若女将になって、息子を育てている自分を、一瞬でも夢見てしまったわたしがいけないんです」

「いや……俺は五月さんが好きだ。だから……」

「お人好しですね。自分の心に正直になったほうがいいですよ。芳彦さんは、ほんとうにわたしを理解して、愛していますか？　違いますよね。今の切羽詰《せっぱつ》まった状況はわかりますが、ほんとうに愛した女性と一緒になってください」

五月の言葉が胸に深く響いた。

「ゴメンなさい……芳彦さんのようないい人に、ウソをついて抱かれた自分が許せないんです。申し訳ありませんでした」

五月はもう一度深々と頭をさげてから、部屋を出ていった。

4

芳彦はここしばらく茫然自失《ぼうぜんじしつ》していた。

連絡しても、山口五月は電話に出ない。

事情を知った健太が平謝りに謝った。健太にしてやられたという思いはあったが、だからといって、強い怒りは感じなかった。

五月は芳彦を『お人好し』だと言った。たぶん、そうなのだろう。

自分には、怒るという感情が欠けているのかもしれない。おそらく、商社マンとして失敗したのも、それが原因だったのだろう。

ここまで、心を寄せた三人の女性と上手くいかなかった。

五月の『ほんとうに愛した女性と一緒になってください』という言葉が、深く胸に突き刺さった。


しばらくぶりに、平林果耶から連絡が入った。

外国人のようにひとりで入れる温泉を体験したいから、芳彦の旅館に一泊する予約を入れたという。

芳彦にとって大歓迎だった。当日は旅館を案内する約束をした。

沈んでいた気持ちが、それで晴れやかになったのだから、自分は果耶に逢いたかったのだと、あらためて思った。

市役所が休みの週末、果耶が旅館にやってきた。

芳彦はチェックインした果耶を案内して、外国人の抵抗感がないだろう貸切り風呂などを勧めた。

果耶は早速、実際に貸切り風呂にひとりでつかった。お湯からあがった果耶を見て、芳彦は息を呑んだ。

幾何学模様の浴衣を着た果耶は、メガネを外していた。

(こんなに美人だったんだな)

果耶は想像をはるかに超えたやさしげな美人だった。

訊けば、それほど視力は低いわけではないが、勤め先が市役所だから、メガネをかけていたほうが、何かと仕事がしやすいのだという。

やはり、と思った。あまりにも美人だと、男性が不埒《ふらち》な感情を抱いてしまうから、仕事がしにくいのだろう。

夕食を終えたのを見計らって、芳彦は菊の間を訪ねた。

部屋には浴衣姿の果耶がいて、仲居が敷いた布団が一組、畳に延《の》べられている。

メガネを外した果耶は食事中にお酒を呑んだようで、色白の顔や浴衣からのぞく首まわりの肌が、仄《ほの》かに赤く染まっていた。

いつもとは様子が違うと感じながら、芳彦は言われるままに座卓の向かいの席に座る。

果耶は、芳彦が紹介したユーチューバーがI温泉街をルポしつつ、宣伝してくれることになり、次は、この辺に住んでいる外国人に温泉の良さを発信してもらうために、奔走《ほんそう》しているのだと、いつもの調子で一生懸命に語った。それから、少し間を置いて、

「……観光促進の件、アドバイスをいただいて、ありがとうございます。お蔭様で、市役所の方針が決まりました」

果耶が深々と頭をさげた。

「いえ、そんなに大したことは提案していませんから。それに、インバウンドは当方の旅館の客足にも影響しますので」

「わたし、岸川さんに何かお礼をしなくちゃ、いけませんね」

「いや、いいですよ、そんな……」

「ダメです。ちゃんとお礼しないと……でも、わたし、お礼に値するものを何も持っていないので……あの……」

果耶がちらりと布団を見た。それから、立ちあがって、芳彦を立たせ、布団へ

と連れて行く。

浴衣姿で布団に寝て、芳彦の手を胸のふくらみに導いた。

芳彦はびっくりしながら、言った。

「いいんですか。いつもの果耶さんと様子が違うんですが……」

「違いますか？」

「ええ……」

「今は違っていいんです……今夜だけは、普段のわたしとは違う自分になりたいんです。最初で最後です。いけませんか？」

芳彦は迷った。大いに迷った。

だが、さすがにこれはできない。

「待ってください。マズいです。これはしてはいけません。果耶さん自身のためにもなりません」

言ってしまった。

真面目な果耶が、これだけ大胆な行動に出るには、よほど覚悟が必要だったのに違いない。それを自分は拒否してしまった。

「すみませんでした……わたし、恥ずかしい……」

果耶が正座して、頭をさげた。

「……俺だって、ほんとうはあなたを抱きたい」

芳彦はそう言って、果耶をぎゅっと抱きしめた。

「果耶さんの気持ちはすごくうれしい。でも、あなたには話していませんでしたが、俺はあと一月ちょっとの間に結婚しないと、旅館の跡継ぎになれないんです。俺も果耶さんに惹《ひ》かれています。ですが、果耶さんはうちの若女将にはならないほうがいいと思います。このまま、市役所でインバウンドの活性化に邁進してください。そのほうが、地元のためになります」

「……そうだったんですか？」

果耶が顔をあげて、芳彦を見た。

「そうです。果耶さんには、言えませんでした。俺もズルいんです」

「確かに、わたしは若女将にはなれません。市役所の一員として、町の活性化に力を注ぎたいんです……。ですが、今夜だけ抱いていただけませんか。若女将になる気のない人を抱く気にはなれませんか？」

「いや、そういうことでは……」

「それなら……お願いします」

果耶が頭をさげた。

胸に熱いものが込み上げてきた。これほど身を投げ出してきた女性を受け止めなければ、男とは言えない。

芳彦はそっと果耶を布団に倒して、顔を寄せる。果耶が目を閉じたので、かるく唇を押し当てる。

すると、果耶はみずから腕をまわして、芳彦の後頭部と背中を抱き寄せてくる。

日頃からは想像できない果耶の所作《しょさ》に、芳彦の股間はぐんと頭を擡《もた》げてきた。

芳彦はキスをやめて、浴衣の腰紐を外した。

浴衣の前をはだけながら、現れた乳房にキスをする。まろびでてきた想像以上にたわわな乳房を揉みあげて、薄いピンクの乳首にキスをすると、

「あっ……」

果耶が小さく喘いだ。

乳首を指でかるく捏《こ》ねながら、ふたたびキスをする。果耶は自分から唇を押しつけて、しがみついてくる。

胸を激しく喘がせながら、右手をおろしていき、浴衣をはだけて、突きあげて

いる肉柱をブリーフの上から握ってきた。そして、しごいてくる。

果耶ももう二十九歳。セックスの悦びは知っているのだと思った。

唇へのキスをやめて、乳首を上下左右に舐める。いったん吐き出して、硬くなっている突起を指でつまんだ。左右に転がし、頂上を指の腹でかるく叩く。

それをつづけるうちに、果耶はもっとしてとばかりに乳房を擦りつけてくる。

芳彦はまた頬張って、かるく吸う。チュッ、チュッ、チュッと断続的に吸うと、

「ぁああうぅぅ」

果耶は切なげな声を洩らしながら、ぎゅうとしがみついてきた。

みずからキスを求めて、唇を重ねてくる。

芳彦はそれに応えて、唇を吸い、舌をからめる。

すると、果耶も積極的に舌を動かし、貪《むさぼ》るようにキスをする。

これが、平林果耶の夜の顔なのだと思った。普段はS市役所の職員として、ほとんどスッピンで、真面目に仕事をしている。

だが、それゆえにセックスでは、人が変わったように、とても情熱的になるのだ。

果耶が今度はブリーフの下に手を入れて、じかに肉柱を握りしめてきた。ゆっくりとしごきながら、キスをやめて、

「ぁあああ……」

顎をせりあげる。

芳彦は右手をおろしていって、パンティの裏側へと手をすべり込ませた。

柔らかな繊毛の底をまさぐると、そこはすでに潤みきっており、指でかるくなぞるだけで、

「ぁああうぅぅ……」

果耶は心から感じている声をあげる。

中心の溝をなぞり、上方にある小さな突起を指で転がした。クリトリスを触りつづけると、果耶は下腹部をぐぐっと持ちあげて、

「ぁああ、岸川さん……これを……」

果耶は潤んだ目を向けて、猛《たけ》りたつものをぎゅっと握る。

「いいんだね？」

「はい……」

芳彦は枕を下に入れて腰を少し浮かし、膝をすくいあげた。浴衣がまくれあが

って、むっちりとした下半身があらわになった。きれいに小判形にととのえられた繊毛の下に、小さな女の花園がわずかに花開いていた。

そこはすでにおびただしい蜜をこぼして、妖しいほどにぬめ光っている。

(果耶さんも、こんなに濡らすんだな)

芳彦は猛りたつものを肉びらの狭間に押し当てた。ゆっくりと慎重に腰を進めると、とても狭いところを亀頭部《きとうぶ》が押し開いていく確かな感触があって、

「ぁああ、くっ……！」

果耶が顎をせりあげる。

窮屈な肉路が、侵入者に強くまとわりついてくる。

芳彦は両膝の裏に手を添えて、じっくりと抜き差しをする。ぎゅっと締めつけてくる粘膜をゆっくりと擦りあげると、

「ぁあ……いいの。いいんです……」

果耶は今にも泣きださんばかりに眉を八の字に折って、顔をのけぞらせる。

市役所で働いているときの表情とはまったく違う、その悩ましげな顔に、芳彦の気持ちは昂りつづける。

徐々にストロークを強く、速くしていく。

すると、果耶は手を伸ばして、いやいやをするように顔を振った。

「大丈夫?」

「ゴメンなさい。つらくて」

「やめようか?」

「ううん、いいんです。このままつづけてください。すぐに慣れると思います」

そう答える果耶は、なんとも健気《けなげ》でならない。

芳彦は覆いかぶさっていき、乳房をつかんだ。柔らかく揉みながら、じっくりと攻めていく。

尖ってきた薄桃色の乳首にキスをして、ねぶりまわす。そうしながら、ピストンをつづけていると、果耶の様子が変わってきた。

「ぁああ、あああ……いいの、いいんです……」

うっとりした声をあげて、顔をのけぞらせる。

芳彦は乳首を舐めながら、もう片方の乳首も指で転がす。そうしながら、徐々に強く打ち込んでいく。

「あっ……あっ……」

果耶は小さく喘ぎながら、さらに顔を大きくのけぞらせる。

両手を顔の横に曲げて置く、赤ん坊が眠っているような姿勢が愛らしい。

芳彦は両肘を突き、果耶の両肩を下からつかみ寄せ、覆いかぶさるようにして腰をつかった。

両足を伸ばして、ずりゅっ、ずりゅっと擦りあげると、それがいいのか、

「ぁああ……岸川さん、気持ちいい……ぁあああ、幸せです」

果耶が喘ぐように言って、ぎゅっとしがみついてきた。

「俺もだよ。俺も、あなたを抱けて、幸せだ」

「ああ、すごいの。すごいのよ……ぁああ、もっとして。わたしをメチャクチャにしてください」

「……今夜だけ？」

「はい、今夜だけ……」

「わかった」

芳彦は上体を立てて、両膝の裏をつかんだ。

ぐいと押し開いて、上から打ち込んでいく。

最初はゆっくりと、徐々に激しく打ち込んでいく。

「あんっ……あんっ！」

果耶は両手でシーツを鷲づかみにして、甲高《かんだか》く喘ぐ。それをつづけていくと、果耶は打ちおろしながら、途中からしゃくりあげる。

さしせまった様子で、顎をせりあげ、浴衣からのぞく乳房をぶるん、ぶるるんと波打たせて、

「あんっ……あんっ……あんっ……」

喘ぎをスタッカートさせる。

黒髪が乱れて、その中心で、つらいのか気持ちいいのか、どちらともとれるような表情で、眉を八の字に折っている。

この体勢だと、かなり深く挿入《そうにゅう》されるから、キツいのだろうか。いずれにしろ、果耶はそれを必死に受け止めようとしているのがわかる。

「大丈夫?」

「はい……衝撃がすごいんです。すごい、すごい、すごい……」

「そうら、もっとだ」

芳彦がたてつづけにえぐり込んだとき、果耶の気配が変わった。

「ぁああ、イキます。イキます……くぅぅぅ」

シーツを鷲づかみにして、顔をのけぞらせる。

「いいですよ。イッていいですよ」

芳彦がつづけざまに深いストロークを浴びせたとき、

「イキます……いやぁあああ！」

果耶は絶叫して、のけぞった。それから、がくん、がくんと大きく身体を震わせる。

芳彦はまだ放っていない。

ぐったりした果耶を布団に這わせて、腰を後ろに引き寄せる。

くびれたウエストから銀杏《いちょう》の葉のような形で張り出したヒップは、滲んだ汗で神々《こうごう》しいほどに輝いている。

一度気を遣った果耶はされるがままで、腰を突き出してうつむいている。

芳彦はそそりたつものを笹舟のような形をした花芯に押しつけて、慎重に沈めていく。

猛りたつものが膣口を押し広げながら、潜り込んでいき、

「ぁああ、硬いわ……ぁああうぅぅ」

果耶が驚いたような声をあげて、顔をのけぞらせた。

芳彦は無言のまま、腰をゆっくりとつかう。

汗ばんだすべすべの背中が急峻《きゅうしゅん》な角度でしなって、斜めから当たっている行灯《あんどん》の明かりが、そのところどころ桜色に染まった裸体を、片側だけ仄白《ほのじろ》く浮かびあがらせていた。

(果耶さんをもっとイカせたい。イッてほしい)

芳彦が徐々に打ち込みのピッチをあげ、深いところに届かせると、お湯で伸びた睾丸袋が振り子のように揺れて、それがクリトリスを叩き、

「あっ、あんっ……何ですか、これ?」

果耶が首をねじって、不思議そうに芳彦を見あげてきた。

「それは、俺のキンタマですよ。こうするとキンタマがクリトリスを叩いて、気持ちいいんです。果耶さんはどうですか。いやならやめますよ」

「……いや、ではないです」

果耶がぼそっと答える。

「では、つづけますよ」

「はい……」

芳彦は両腰をつかみ寄せて、ぐいと引き寄せながら、腰を振る。

ギンギンの勃起が体内深く突き刺さり、同時に、伸びた睾丸が勢いよくクリトリスに当たって、

「あんっ……あんっ……ぁあああ、すごい……こんなの初めて……ぁあああ、気持ちいい……どんどん気持ち良くなってくる」

果耶がもっととばかりに尻を突き出してきた。

芳彦はその光沢のある尻たぶを撫でさすり、時々、ぎゅっとつかむ。

「ぁあああ……わたし……ま、またイキそう……」

果耶がさしせまった声を放った。

色白の裸身がぷるぷると細かく震えている。その決して演技できない本物の痙《けい》攣《れん》を見ると、芳彦も昂る。

「いいですよ。イッていいですよ。俺もイキます。イッていいですよ」

漆黒《しっこく》の闇を仰ぎながら、芳彦はスパートした。

尻をつかみ寄せて、のけぞるように連続して叩き込むと、

「あんっ……あんっ……ぁあああ、イキます。わたし、またイキます」

背中をしならせた果耶の下肢がいっそう大きく震えだした。

芳彦が吼《ほ》えながら叩き込んだとき、

「イキます……イク、イク、イッちゃう……くっ！」

果耶が大きくのけぞって、がくん、がくんと躍りあがった。

その直後、芳彦も熱い男液をしぶかせていた。

第五章　花屋の娘と夢心地

1

「芳彦、あと一カ月しかないのよ。誰かあてはあるの？」

母親でM旅館の女将《おかみ》である富士子が、険しい目でにらみつけてくる。

平林果耶にはあれ以来、連絡をとっていない。お互いにワンナイトラブと決めていたのだし、もう彼女を抱くことはないだろう。

果耶からは、インバウンド対策委員会の委員になってくれないかと言われており、その要請は受けるつもりなので、委員会の会議に出席すれば顔を合わせるだろうが、逢うのはそのときだけでいい。

それが、二人が上手くやっていける形だと思った。

「誰か好きな人でもいるの？」

母の言葉が、岸川芳彦を現実に呼び戻す。

（好きな人か……）

いないことはない。

頭に浮かんだ女性は井上志織《いのうえしおり》だ。M旅館の出入り業者で、花屋の娘である。二十七歳だから、年齢的にもちょうどいい。

志織は週に何度か旅館にやってきて、ところどころに活《い》けられている花を新しいものに替えてくれる。玄関正面の生花は、いつも評判がいいのだが、それも志織が活けたものだ。

最初に逢ったときから、清楚《せいそ》な感じで好感を持った。だが、いつも忙しそうなので、『ご苦労さま。きれいな花ですね』と、声をかけるくらいしかできなかった。そのたびに、志織はにこっと笑ってくれて、その笑顔を見ると、焦《あせ》りや不安が消えた。

結婚前提の交際がことごとく失敗するにつれて、井上志織への思いが募《つの》った。

東京からM旅館に戻り、好意を寄せる何人かの女性と肉体関係を持ったが、いずれも上手くいかなかった。

原因を考えたとき、山口五月の『ほんとうに愛した女性と一緒になってください』という言葉が思い浮かんだ。

確かにそうだ。自分は相手の女性を心から愛していなかったのかもしれない。それが相手にも伝わったのだと思った。

たとえ、タイムリミットが近づいて、切羽詰《せっぱつ》まった状態であっても、やはり、愛している女性には積極的にアプローチしよう――。

その思いを心にとどめて、先日、帰りがけの志織をつかまえた。無理を言って和風カフェに誘い、あんみつを食べながら、志織と初めて話をした。

Ｉ温泉は山の中腹にあるのだが、志織は山をおりきったところにある町で、両親ともども花屋を営んでいる。上の兄は今、東京で会社員をしているという。

志織は花が好きで、活け花も学んだ。今は花に関わることができるだけで満足しているらしい。自宅である花屋の仕事が忙しくて、恋人はいないという。

セミロングの髪はさらさらで、全体的に清楚な雰囲気だ。無口なのかと思ったが、けっこう話し好きで、意外にもしっかり者だとわかった。

別れる前に、『もう一度逢えますか？』と訊《き》くと、『時間があれば、大丈夫ですが……』と、どちらとも取れる返事だった。

どうも、若女将になるという野心はないようで、好感が持てた。

もちろん、また何度も彼女と逢うつもりだ——。

母が怖い顔でせまってきた。

「好きな人がいるなら、話しなさい」

「いや、まだ話せない」

「わかっているんでしょうね。芳彦はあと一カ月で結婚相手を見つけないと、柿崎がうちの支配人になるのよ。わたしは芳彦になってほしいの。そのためなら、何だってする。だから、その好きな人について聞かせてくれない？」

母が真剣な目を向けてくる。

だが今、志織のことを話したら、母は裏で手をまわして、旧知の出入り業者である志織の両親に、娘が芳彦とつきあうように圧力をかけるだろう。

それは避けたい。そんな形で一緒になっても、二人の結婚生活が上手くいくとは思えない。

「母さんの気持ちは十二分にわかっているつもりだ。だけど、今はそっとしておいてほしい。その時期がきたら、話すから」

そう言って、母との会話を打ち切った。

その後、青木珠実に井上志織の名前を告げて、相談してみた。

珠実は大賛成で、こうも言ってくれた。

「いい子ですよ、花と会話のできるお嬢さんです。けっこうしっかりしてるしね。わたしにできることなら、何だってしてします」


三日後――。芳彦は志織とデートをしていた。

今日は花屋の定休日であり、それを知った芳彦が誘ったところ、志織は断らなかった。

二人は温泉街の近くにある牧場で馬に乗り、動物と戯《たわむ》れた後で、牧場で搾《しぼ》ったミルクを使ったソフトクリームを頬張《ほおば》った。

志織はTシャツにジーンズ姿で、カジュアルな格好がよく似合った。

最初は緊張気味だったが、乗馬体験を終える頃にはリラックスしてきて、今もソフトクリームを食べながら、

「味が濃くて、美味しい！」

と、笑顔を見せる。

芳彦は不謹慎にも、ソフトクリームを頬張ってしたたりそうになったクリームを舐《な》めあげる志織を見て、ついついフェラチオを連想してしまった。そして昂奮

のあまり、密かに股間を熱くしていた。

Tシャツを持ちあげた胸のふくらみは想像以上に立派で、ジーンズに包まれた尻も見事に発達している。

「ついてるよ、ここに」

芳彦が唇を指すと、志織はあわてて唇に付着した白いクリームを指で拭《ぬぐ》って、舐めた。

「あの……若旦那もここについていますよ」

志織に指摘され、芳彦は苦笑し、クリームを指で拭き取って、言った。

「その若旦那というのは、やめてくれないか？」

「では、どうお呼びしたらいいんですか？」

「名前でいいよ」

「芳彦さん……？」

芳彦はうなずく。ソフトクリームを食べ終わってまた話しかける。

「でも、よく来てくれたね。断られるかと思った」

「じつは、仲居頭《なかいがしら》の青木さんに言われたんです。若旦那は心からわたしに好意を持っているから、つきあってあげたらって。合わなかったら、つきあうのをやめればいい。芳彦さんはそんなことで人を恨むような人じゃないからって……わたし、青木さんを信頼しているんです」

「そうか……俺も何でも珠実さんに相談しているんだ」

「尊敬できる方です」

「俺もそう思う……あの、竹久夢二は好き？」

「ええ、好きです。描かれた、あの儚《はかな》げで可憐な女性に惹かれます」

「じゃあ、竹久夢二記念館に行かないか？」

「いいですね。大正ロマン、大好きです」

志織が顔をほころばせた。

趣味が合うのはいいことだ。これはイケると感じた。

二人は牧場から徒歩でも行ける竹久夢二記念館に向かった。

記念館で展示作品を見てまわるときの志織の目の輝きや、作品を見ての寸評に、芳彦は大いに感心した。

見終える頃には、志織がますます好きになっていた。

（この人となら、一緒に暮らしていける）

オルゴール館で立ち止まって『宵待草』を聞きながら、芳彦は告白していた。

「正式につきあっていただけませんか？」

志織はちらりと芳彦を見あげて、言った。

「わたしには若女将は荷が重すぎます……でも、芳彦さんは好きです。どうしたらいいんでしょうか？」

大きな目で見つめてくる。

「まだ結婚や若女将なんて、考えなくていいよ。余計なことを考えずに、純粋に俺とつきあっていただけませんか？」

「それなら……」

と、志織がうなずいた。

2

十日後の夜、芳彦は石段近くにある居酒屋で、志織と酒を呑《の》んでいた。

牧場でのデートの後、花屋が閉まった夜に何度か逢った。

志織は逢うたびに心を開いてくれるようになり、今も愉《たの》しそうに、玉コンニャクを口に運びながら、地酒を呑んでいる。

帰りはタクシーを呼ぶことにして、芳彦も同じ地酒を口にしていた。

驚いたのは、志織が酒好きだったことだ。ここには珍しい地酒があって、それを呑んだ志織が、

「美味しいわ。すっきりしているのに、呑んだ後、色々な味が残る」

と、幸せそうな顔をする。

目の縁や首すじが仄《ほの》かに朱《しゅ》に染まり、瞳も潤《うる》んできている。

日頃はお目にかかれない色っぽい表情に、芳彦もかきたてられる。

店には何種類もの地酒が置いてあり、それらを試飲するうちに、志織は酔いが進んで目がとろんとしてきた。

「酔ったみたいだね。そろそろ出ようか」

芳彦は志織とともに店を出る。志織がふらふらしているので、肩を貸した。

「うちで少し酔いを冷ましたらいい。このままじゃあ、いくらタクシーでも心配だ」

「いえ、大丈夫です。ゴメンなさい。ひさしぶりに呑んだら、酔ってしまって」

志織が申し訳なさそうに言う。

「少し酔いを醒《さ》ましてからのほうがいいよ。このままでは心配だ」

そう言って、芳彦はTシャツにジーンズ姿の志織の肩を抱き寄せながら、石段

をおりていく。

志織は拒まない。むしろ、身体を預けてくる。

初めて志織の身体に触れる感激が、芳彦の心身を満たす。股間のものが頭を擡《もた》げはじめている。

(志織さんは確かに酔っている。だが、理性を失うほどの泥酔ではない。ということは……)

密かな期待感を抱きながら、M旅館の裏口からなかに入り、一階にある自分の部屋に連れていく。

和室に敷いてある布団に目をやった志織が、ハッとしたように芳彦を見た。

(今を逃がしたら、ダメだ)

芳彦は志織を抱きしめて、耳元で囁《ささや》いた。

「きみが好きだ。一緒になってほしい」

唇を合わせにいく。すると、志織は拒もうとせずに、唇を預けてきた。

万感《ばんかん》の思いを込めて抱き寄せ、やさしくキスをする。

唇を離したところで、志織が言った。

「やっぱり、ダメです。わたしなんか、ここの若女将に相応《ふさわ》しくないです」

「それは違う。言っただろ。きみがいやだったら、結婚しなくてもいい。俺は純粋に志織さんを抱きたい。それだけなんだ」

思いを告げて、着物の帯を解き、脱いでいく。

それを見て、志織が背中を向けた。ためらいを振り切るようにTシャツを頭から脱いだ。白いブラジャーのストラップが横に走っている。

志織は手を後ろにまわし、ホックを外し、ブラジャーを肩から抜き取っていく。

ジーンズを穿《は》いて、上半身は裸という後ろ姿に、芳彦はすさまじい昂奮を抑えられなかった。

芳彦が着物を脱いでいる間に、志織はジーンズをおろした。白いパンティも剝《む》きおろして、布団に潜り込む。

芳彦はブリーフだけの姿で、隣に体を入れる。

背中を向けている志織を後ろから抱きしめると、志織は震えていた。

「大丈夫？」

「ええ……」

志織はこちらを向き、芳彦の胸に顔を埋めた。

髪の牧歌的な香りが鼻腔《びこう》をくすぐる。

セミロングの髪を撫《な》でるうちに、志織の身体の震えが止まった。

芳彦は手を髪から背中へと這《は》わせる。きめ細かい肌はすべすべで、手を腰へとおろしていくと、

「あっ……！」

志織はビクッと震えた。

（過敏なほどに、感じやすいんだな）

志織を仰向《あおむ》かせて、唇を重ねていく。

わずかに残っている日本酒の風味を感じながら、丁寧《ていねい》に唇をついばむ。舌を入れると、志織の舌がおずおずとからんできた。

キスをつづけるうちに、こわばっていた志織の身体が柔らかくなり、呼吸が乱れた。何かが弾《はじ》けたように芳彦を抱きしめながら、舌をからめてくる。

体の奥から、強い衝動がうねりあがってきた。

芳彦が首すじから胸元へと唇を移すと、志織が胸を両手で隠した。

その手を外し、乳房を見る。

バランスのいいDカップほどの乳房で、直線的な上の斜面を下側の充実したふ

くらみが押し上げている。頂上で息づいている乳首は透《す》き通るような淡いピンクで、わずかに上を向いていた。

いやっ、とばかりに志織が顔をそむけた。

「きれいな胸だよ。ほんとうにきれいだ」

そっと乳房をつかんだ。柔らかなふくらみを揉《も》みながら、先端にキスをすると、

「んっ……！」

志織はビクッとして顔をのけぞらせ、右の手の甲を口に押し当てる。

その初々《ういうい》しい反応を見て、ますます志織を大切にしなければという思いが募った。

硬くしこってきた乳首を丁寧に舐め、指で捏《こ》ねる。あくまでも舌を硬化させないで、柔らかいままやさしくなぞる。

それをつづけていくうちに、志織の気配が変わった。

必死にこらえていた喘《あえ》ぎが、手の甲と口の隙間から洩《も》れて、

「あっ……あっ……」

抑えきれない声があふれでる。

赤く色づいた乳首が体積を増して、唾液でぬめ光り、乳輪も粒立ってきた。

さらさらの髪を乱し、眉根《まゆね》を寄せている志織を見ると、芳彦も心から志織とひとつになりたくなった。

そんな気持ちを抑えて、左右の乳首を丹念に愛撫するうちに、志織の腰がじりっ、じりっと揺れはじめた。

おそらく男性経験は少ない。しかし、男と合体した際の子宮の悦《よろこ》びは知っているのだ。だから、もどかしそうに腰が揺れる。

芳彦は右手をおろしていき、柔らかな翳《かげ》りの底へと指を届かせる。

「あっ……！」

志織は太腿《ふともも》をよじり合わせて、芳彦の手をぎゅうと締めつけてきた。その圧迫を押し退けるように、奥の溝をなぞると、

「んんんっ……んんんっ」

くぐもった声とともに、太腿がゆるんでくる。

芳彦がかるく指を動かすと、触れている恥肉が一気に湿ってきて、

「ぁああ、いや……」

志織が顔をそむけた。

「恥《は》ずかしいことじゃない。濡れてくるのが自然だ。濡らしてくれたほうが、男はうれしい。俺だって、ほら、こんなになっている」

芳彦はブリーフを脱いだ。

鋭角に持ちあがっている肉柱に目をやった志織が、動揺して思わず目を伏せる。

その初々しい反応に昂《たかぶ》りながら、ふたたび覆《おお》いかぶさっていく。

細長い繊毛《せんもう》の流れ込むあたりに指を這わせると、いっそう濡れてきて、

「ぁあぁ、もう、もう、ダメっ……はうぅぅ」

志織は右手を口に添えながら、顎《あご》をせりあげた。

芳彦はひろがってきた太腿の奥を触りながら、乳首を舌で転がし、吸う。

すると、志織の下腹部がぐぐっ、ぐぐっと持ちあがってきた。

志織のような清純派も自ら下腹部をせりあげて、無意識に求めてくるのだ。

芳彦はすらりとした足の間にしゃがんで、膝《ひざ》をすくいあげた。

「ああ……いやぁ！」

志織が顔を大きくそむけて、内股になる。

「大丈夫。志織のここはすごくきれいだ。恥ずかしがらなくていい」

見たままを告げて、芳彦は顔を寄せていく。

そぼ濡れた花芯は、ふっくらとした肉びらがわずかにひろがって、赤い粘膜をのぞかせ、ぬらぬらと光っている。

プレーンヨーグルトに似た味覚を感じながら、狭間《はざま》を舐めあげていく。そのまま、上方の肉芽《にくが》をかるくなぞりあげると、

「あ、くっ……！」

志織はびくんとして、顔をのけぞらせる。

やはり、クリトリスが一番感じるのだろう。

鞘《さや》を外して、肉豆をじかに舐める。柔らかくなぞりつづけていると、

「んっ……んっ……あっ、ぁあうぅぅ」

志織が後ろ手に枕を握りしめた。

形のいい乳房と腋《わき》の下をあらわにして、クンニの悦びに抗《あらが》いきれないといった様子で、顎をせりあげる。

その頃には、真面目で清楚な志織からは想像もできない量の愛蜜があふれでて、花肉全体を濡れ光らせる。

蜜を塗り付けるようにして丹念に肉芽を舐めていると、また腰がじりっ、じり

っと揺れはじめた。

「気持ちいいんだね？」

口を接したまま、見あげる。

「はい……気持ちいい。気持ちいいんです」

志織は素直に答えて、ぼうっとした目を向けてくる。

その性的に高まっている妖《あや》しい目が、芳彦を昂らせる。

だが、急いではいけない。逸《はや》る気持ちを抑えて、じっくりと狭間に舌を走らせ、陰核を転がした。それをつづけていると、志織の様子が逼迫《ひっぱく》してきた。

「ぁあ、もう、もう……」

「どうしてほしい？」

訊くと、志織は何か言いかけて、やめた。

芳彦はなおもクリトリスと狭間を舐め、上に伸ばした手で乳首をつまんで、転がす。

「ぁああ、ぁあうぅぅ」

志織が恥丘《ちきゅう》を擦《こす》りつけてきた。

「ひとつになりたい。いいんだね？」

志織がこくんとうなずいた。

芳彦は膝をすくいあげて、猛《たけ》りたつものを翳りの底に押し当てた。

片手で支え、中心をさぐり、少しずつ押し込んでいく。

入口は狭く、頭部を潜り込ませるのが大変だった。

それでも、とても窮屈なところを亀頭部《きとうぶ》が押し広げていく確かな感触があって、

「ぅあぁぁ……！」

悲壮感のある声を洩らして、志織が顎を突きあげた。

志織の表情には快感だけではなく、多少の苦しみも含まれている気がする。

経験が少ないから、一気に快感へとはつながっていかないのだろう。

だが、芳彦の心身には、志織とひとつになった悦《よろこ》びが漲《みなぎ》っている。

それに、まだ挿入《そうにゅう》しただけなのに、内部の粘膜がざわめきながら締めつけてきて、勃起を内へ内へと誘い込むような動きをする。

芳彦は性能抜群の膣《ちつ》に感謝をしつつ、もっと志織をかわいがりたくなった。足を放して、覆いかぶさっていく。

唇を寄せて、キスをする。

唇を重ねながら、いたわるように舌をつかうと、志織もそれに応えて、舌をからませてくる。芳彦の背中をぎゅっと抱き寄せながら、一生懸命にキスに応えてくる。

芳彦はキスをやめて、抱き寄せるようにして腰をつかう。

すると、志織が足を大きくM字に開いたので、イチモツがさらに奥へとすべり込んでいった。

その所作《しょさ》に昂りながらも、芳彦は慎重にストロークを繰り返す。

目の前には、眉根を寄せて、「んっ……んっ」とくぐもった声を洩らす志織の顔がある。

好きな女性と情を交わすのは、こんなにも幸せなことなのか——。

芳彦は至福を感じながらも、じっくりと攻めていく。いきりたちがぐちゅ、ぐちゅっと濡れ溝をうがち、擦りあげる。

それをつづけていくと、志織の喘ぎが変わった。

「あっ……あっ……あんっ、あんっ！」

志織は抑えきれない声を洩らして、ぎゅっと目を瞑《つむ》っている。

だが、まだ心から感じてはいないような気がする。

芳彦は乳房をつかんで、やさしく揉んだ。それから、乳首にキスをする。

チュッ、チュッとついばみ、色づいている突起に舌を走らせる。ちろちろっと躍らせ、吸った。

「ううぅぅ……！」

志織が大きく顔をのけぞらせる。

やはり、乳首が感じるようだ。透き通るような突起を舌で転がし、指でつまみ、かるく吸う。吐きだして、また舐める。

それを繰り返していると、志織の腰がせりあがってきた。

持ちあがってきた下腹部の奥に、勃起をぐいと届かせると、

「ぁあああ……！」

志織が一段と大きな声をあげて、顎をせりあげた。

芳彦は乳房を揉みしだき、乳首を捏ねながら、腰をつかう。徐々に強く打ち据《す》えていくと、

「あんっ……あんっ！」

志織は両手で布団の縁《ふち》をつかんで、胸をせりあげる。

心底から感じてくれているのがわかった。

赤く染まった乳房を揉みしだき、さらに強く打ち込むと、志織はぐったりして、反応しなくなった。

「あっ……！」

かるくイッたのか、それとも刺激が感受性の限界を超えたのか、志織はぐったりして、反応しなくなった。

芳彦はそんな志織を好ましく思う。

布団に這うように言うと、志織は緩慢な動作で、両手と両膝で裸身を支えた。

どうしていいのかわからないという様子で、頭を垂れている。

ウエストはくびれていて、細腰から充実したヒップが張り出していた。

尻が大きくて、身体が柔軟だから、女豹《めひょう》の姿勢がとてもエロチックだ。

「もう少し足をひろげて」

志織はおずおずと膝を開いて、両肘を突いた。

すると、尻が持ちあがって、身体の曲線がひときわ悩ましくなった。

尻たぶの底で、貫《つらぬ》かれたばかりの膣口がひろがって、内部の赤みをのぞかせ、とろりとした蜜が陰毛までも濡らしていた。

(志織だって、こんなに濡らすんだな)

芳彦はいきりたつ分身をあてがい、ゆっくりと沈み込ませていく。

亀頭部が窮屈な道を押し広げていくと、

「ぁああ……！」

まるで、ペニスで押し出されたような声をあげて、志織が背中をしならせる。

からみついてくる粘膜のざわめきを感じて、芳彦も「くっ」と奥歯を食いしばった。

志織のなかは温かく、柔らかな粘膜が肉柱に吸いついてくるようだ。

(気持ちいい。とろとろだ……)

腰を引き寄せて、ゆっくりとストロークする。

「んっ……んっ……」

切っ先が奥に届くたびに、志織は低い声を洩らす。

芳彦は徐々にピッチをあげていく。浅瀬を何度も擦り、次は大きく打ち込んだ。

垂れさがった大きな睾丸《こうがん》もブランコのように揺れて、クリトリスを叩き、

「ぁあ、これは？」

志織がこちらに顔を向ける。

「バックからすると、睾丸がクリちゃんを叩くらしいんだ。志織さんがいやなら

やめるけど……どうする？」

志織はちょっと考えてから、言った。

「……いいんです。このままで」

ということは、やはり、志織もタマ打ちで性感が昂るのだ。

最初はタマ打ちが誰にでも通用するとは思っていなかった。だが、これまで抱いた女性のすべてが感じてくれているのだから、タマ打ちは相手を選ばない必殺技だといえる。

芳彦はくびれたウエストをつかみ寄せて、徐々に強いストロークを浴びせる。

勃起が深々と肉路をうがち、睾丸が弧を描いてクリトリスを叩く。

「あっ……これ、すごい……あっ、あっ……すごく気持ちいいんです」

志織がこちらに顔を向ける。

「気持ち良くなってくれれば、俺もうれしい」

つづけざまに腰を叩きつけた。勃起が粘膜を擦りあげ、揺れた睾丸がクリトリスを打って、

「ぁあああ、すごい……ぁあああ、イキそう。イキそうです！」

志織が訴えてくる。

「いいんですよ、イッて」

芳彦がたてつづけに打ち据えたとき、

「ああ、こんなのウソよ……わたし、イキます……イク、イク、イッちゃう……いやぁあああっ！」

志織が絶叫して、がくがくっと前に突っ伏していった。

3

志織との関係は順調に深まっているはずだった。だがある日、突然、志織は芳彦を避けるようになった。

理由がわからなかった。裏で何かが動いているとしか思えなかった。

その日、芳彦は仕事の合間に山をくだり、志織が働いている、駅前にある花屋に向かった。

こぢんまりしているが、季節のカラフルな生花が店頭を飾る店に顔を出すと、緑の胸当てエプロンをつけた志織が店番をしていた。

芳彦を見て、ハッとしてうつむく。

「どうして逢おうとしないんだ。理由を聞かせてくれないか？」

だが、志織は黙して語らない。

「何か事情があるんだね。わかっている。少し話をしよう」

それでもためらっていたが、執拗《しつよう》にせまると、

「あと三十分でお店が閉まるので、その後なら」

志織が上目遣《うわめづか》いに言った。

一時間後、二人は駅前の広いファミリーレストランで逢っていた。蕎麦《そば》と天麩羅《てんぷら》を食べながら、しつこく問い質《ただ》すうちに、とうとう志織が理由を話しはじめた。

「支配人代理の方に言われたんです。あなたはM旅館の若女将には相応しくないから、別れてくれと……」

それを聞いた途端、やはり、と感じた。そうじゃないかと思っていた。

柿崎なら、やりかねない。

「これ以上、芳彦さんとつきあうなら、出入り業者から外させてもらうと……」

涙ぐむ志織を見た瞬間、柿崎への憤怒《ふんぬ》が胸に込みあげてきた。

(許せない。今回は絶対に許さない！)

「大丈夫だ。俺が柿崎さんを何とかする。何とかなったら、また俺とつきあって

くれるか？」

　まっすぐに目を見ると、志織はこくんとうなずいた。

　その夜、芳彦は、母親と青木珠実を呼んで、二人の前で宣言をした。

「母さんにもすべてを打ち明ける。じつは今、井上志織さんとつきあっている。ゆくゆくは結婚するつもりだ」

　女将の富士子はさすがに驚いたようだが、仲居頭の珠実は、大きくうなずいてくれた。

「母さんは、志織のことをどう思う？」

「……いい子だと思うわよ。でも、彼女がうちの若女将になると思うと、ちょっと不安もあるわね」

　眉間《みけん》に皺《しわ》を寄せた母を見て、珠実が言った。

「女将さん、お言葉を返すようですが、わたし、いえ、仲居たちもこぞって彼女が若女将になることに賛成すると思います」

「そうなの？」

「はい……志織さんの活け花の素晴らしさは全員わかっています。それに、彼女がとてもしっかり者で、信頼できる人物であることも……。彼女が若女将になってくれたら、わたしたちも支えていきます」

　珠実が熱弁をふるった。

「珠実さんがそこまで言うなら、そうなんでしょうね。じつは、わたしも彼女の活け花には感心していたのよ」

「じゃあ、母さんも賛成なんだね？」

「芳彦は彼女を好きなんでしょ。だったら、賛成するしかないわね。期限も迫っているし」

「ところが、二人の仲を邪魔する人がいるんです」

「誰よ？」

　芳彦は、柿崎支配人代理がこれまでしたことを話した——。

　あくる日、母は柿崎を呼びつけて、これまで芳彦の縁談に関して行ってきた謀略を指摘した。それから、

『今後もつづけるようなら、あなたにはうちを辞めてもらいます』

　と、毅然《きぜん》とした態度を取った。そして志織には、

『柿崎には何も言わせないから、芳彦との関係を今までどおりつづけてください。うちの旅館では、あなたを若女将として迎える準備ができています。だか

ら、芳彦を助けてあげて。芳彦は心からあなたに惚れています。芳彦をお願いします』

そう頭をさげたらしい。

一週間後、芳彦は志織とM旅館の最上階の部屋にいた。

菊の間は露天風呂付きの最高級の部屋である。

母が二人のために、準備しておいてくれたのだ。

温泉につかり、夕食も終えた二人は、浴衣《ゆかた》に半纏《はんてん》をはおって、広縁《ひろえん》にある応接セットの椅子に座っていた。

模様の入った女物の浴衣を着た志織は、美肌の湯につかったので、肌はいっそうつるつるとしている。夕食時に少し酒を呑んだせいか、色白の肌がわずかに赤らんでいた。

髪は後ろでアップにしていて、艶《なま》めかしさが匂い立つ。

宿泊デートに応じてくれたのだから、心のうちは決まっているはずだ。

どう決断したのか、早く知りたくなり、芳彦は思い切ってプロポーズした。

「母から聞いたと思いますが、うちは志織さんを歓迎します。柿崎さんのことは気にしないでください。みんな、助けてくれます……俺と一緒になってもらえませんか？」

言い切って、志織の顔を見た。

「……芳彦さんが好きです。わたしのような者でよければ……」

志織がじっと芳彦を見た。

「志織さんでないと、ダメなんです」

「ありがとうございます。ただ、ひとつ条件が……」

「何ですか？」

「結婚となれば、わたしは今までのように店で働くことができません。ですから、お店を手伝える人ができてからで、よろしいでしょうか？」

「もちろん。でも、こう考えたら、いかがでしょうか。まず結婚しましょう。それで、すぐに若女将にはならずに、メドが立つまで花屋をつづけたらいい」

「それで、よろしいんですか？」

「はい、かまいません」

「ありがとうございます。そうしていただければ」

「大丈夫です。母を説得します」

芳彦が近づくと、志織も立ちあがった。

正面から抱きしめて、キスをする。ひさしぶりのキスだった。

おずおずとしていたキスが、どちらからともなく情熱的になり、二人は舌をからめあい、お互いの身体をさすりあう。

キスを終え、芳彦は意を決して告げた。

「一緒にベランダのお湯につかりませんか？」

「でも、恥ずかしいわ」

「ここはうちでは最高の眺めです。どうしても、志織さんと一緒に入りたい」

「……わかりました」

芳彦が帯を外すと、志織も浴衣を脱ぎはじめた。

背中を向けて、浴衣を肩から落とす。下着はつけておらず、抜けたように色白の後ろ姿が浮かびあがる。

二人はベランダの露天風呂につかって、目の前にひろがる山の稜線《りょうせん》と、星空を眺めた。

御影石《みかげいし》の湯船の前方に志織が、後方に芳彦が身体を沈めた。

アップにした髪からのぞく、うなじの後れ毛が悩ましい。

「志織さん、こっちに」

誘うと、志織が背中を向けたまま移動してくる。

芳彦はたおやかな身体を受け止めて、後ろから抱きしめる。

志織はすっかり安心した様子で、背中を凭《もた》せてきた。

「星がきれいだね」

「ええ……芳彦さんのおっしゃったとおりだわ。ほんとうに夜景が素晴らしい」

「触ってもいい？」

「ええ……」

芳彦は背後から腕をまわし込んで、乳房をとらえた。

お湯で温まったふくらみを包み込むようにすると、

「あっ……」

志織がビクンと震えた。

いつも敏感だが、今夜はとくに感性が研《と》ぎ澄まされているように感じる。

「いいよ、もっと背中を預けて」

「はい……」

志織が完全に身を任せてきた。芳彦は後ろから包み込むようにして、

「わたしも……じつは、芳彦さんが東京からお戻りになったときから、素敵な方だと思っていました」

志織が答える。

「手を……」

志織の手をつかんで、後ろに導いた。そこには、芳彦の猛りたつものがあり、
志織はびっくりしたように手を引っ込めた。

「触ってほしい」

もう一度、耳元で言うと、志織がおずおずと肉柱を握ってくる。

「どう？」

「硬くなっています」

「しごいてください」

わずかな逡巡《しゅんじゅん》の後に、志織の指がおずおずと勃起を擦りはじめた。

志織はうつむいて、息を荒らげている。それでも、徐々に強く肉茎をしごく。

「気持ちいいよ。ありがとう」

そう囁きながら、ふくらみの中心をかるくつまむと、

「うんっ……！」

志織はびくっとして、しごくのをやめ、勃起をただ握るだけになった。

芳彦は後ろからまわし込んだ指で、両乳首を捏ねる。挟んで転がし、トップをかるく叩く。それをつづけるうちに、志織の息づかいが乱れ、

「んっ……あっ……いけません。ダメっ、こんなところで……あっ、あうぅぅ」

顔をのけぞらせる。

「手が止まっているよ」

耳元で囁いた。

すると、志織はまた指を動かして、お湯のなかで肉柱をしごきはじめた。

「ぁああ、こんなことしちゃいけないわ」

いやいやをするように首を振りながらも、志織は後ろの屹立《きつりつ》を握りしごいてくる。

芳彦は右手をおろしていき、太腿の奥をとらえた。

柔らかな繊毛の下に、お湯とは違う粘りけを感じて、そこをかるく撫でると、

「あんっ……！」

志織は顔をのけぞらせて、太腿を締めつけてくる。かまわず恥肉をなぞりつづける。

志織の腰が揺れはじめた。じりっ、じりっと腰が動いて、ヒップが芳彦の股間を擦ってくる。

勃起の先端が擦れる快感のなかで、芳彦は硬くなった乳首を捏ねて、太腿の奥をまさぐる。

「ぁあああ、もうダメっ」

志織が顎をせりあげた。

4

芳彦は湯船の縁《へり》に腰かけて、足を開いた。

湯けむり越しにいきりたつ肉柱を見て、志織がハッとしたように目を見開き、それから、顔をそむけた。

「大丈夫そうだったら、してくれないか？」

言うと、志織は覚悟を決めたように右手をそっと伸ばした。

茜色《あかねいろ》にてかつく肉棹《にくざお》をおずおずと握り、

「わたし、下手ですよ」

見あげて言う。

「大丈夫だよ。そんなことは関係ない。志織さんにしてもらえるだけでうれしいんだ」

志織ははにかんで、それから、静かに顔を寄せてくる。

おずおずと亀頭部にキスを繰り返し、ちらっと見あげてくる。

芳彦がうなずくと、志織はふたたびキスをした。亀頭部から裏筋へとキスをおろしていき、下のほうから舐めあげてくる。

なめらかな濡れた肉片が、裏筋を這いあがってくる。その快感に、思わずイチモツが頭を振った。

びっくりしたように、志織が見あげてくる。

「気持ちいいと、そうなっちゃうんだ」

志織はにっこりして、また下を向き、今度は先端におずおずと唇をかぶせてきた。

肉棹を右手で握りしめたまま、ゆっくりと顔を打ち振る。そのたびに、ぷりっとした唇がいいところを摩擦してきて、快感がぐっと高まる。

（やっぱり、好きな人にされると、全然違う）

志織は右手を離して、慎重に唇をすべらせる。血管の浮き出る肉柱をゆっくりと呑み込み、そこから、唇を引きあげる。

今度は、深く頬張ろうとして、「ぐふっ」と噎《む》せた。

「ゴメンなさい」

志織はいったん吐きだして言い、息をととのえ、また唇をかぶせてくる。

噎せないように、途中まで頬張り、かるく唇をすべらせる。

お湯を透《とお》して乳房がのぞき、ふくらみばかりか桜色の乳首までが見えてしまっている。

しかも、その乳首は明らかにせりだし、温められて濃いピンクに染まっている。

志織は眉根を寄せながらも、必死に深く頬張ってきた。噎せそうになるのをこらえて、ゆっくりと顔を打ち振りはじめた。

眉を八の字に折りながらも、一生懸命に頬張ってくる。その姿を見ていると、ますます志織が愛《いと》おしくなる。

志織はいったん吐きだして、唾液でぬめる肉柱を握りしごきながら、息をとととのえる。

「いいよ、無理しなくても」

声をかけた。だが、志織はまだできる、とばかりに唇をかぶせてきた。

今度は右手で根元を握って、静かにしごき、それと同じリズムで唇を往復させる。

心配になったのか、ちらっと見あげてくる。鼻の下が長く伸びていて、その顔が愛らしい。

「気持ちいいよ、すごく」

芳彦が言うと、志織ははにかんで目を伏せ、また顔を打ち振る。

徐々にスピードアップして、カリを唇と舌で摩擦しつつ、根元を握った指でしごいてくる。

「んっ、んっ、んっ……」

くぐもった声とともに、献身的なフェラチオを受けると、我慢できなくなった。

「いいよ、ありがとう。出ちゃいそうだ」

芳彦は言う。

志織が肉棹を吐きだして、唇に付着した唾液を指で拭《ぬぐ》った。

「ちょっと冷えてきた」

芳彦は湯船につかり、

「ここで、志織さんとひとつになりたい。いい？」

志織が無言でうなずいた。

芳彦は志織を向かい合う形でしゃがませ、太腿をまたがせた。

「このまま、できる？」

「やってみます」

志織はお湯のなかで足をM字に開き、お湯に右手を差し込んで、いきりたつものをつかんだ。

花芯に押し当てて、慎重に沈み込んでくる。イチモツがお湯より温かいと感じる体内に潜り込んでいって、

「ぁあうぅぅ……」

志織が苦しそうに顔をのけぞらせた。腰を落としきって、それを奥まで受け入れると、

「ああ、気持ちいい……」

志織が両手で芳彦の肩をつかみ、少しのけぞる。

芳彦も最高の気分だった。

密かに、志織と温泉のなかでつながりたいと思っていた。お湯につかりながらセックスしたくなるのは、自分が温泉旅館の子供で、長年、温泉に慣れ親しんできたからかもしれない。

お湯のなかで、志織の腰に手を添えて促すと、志織の腰がおずおずと動きはじめた。

上体を離し、動きやすくして、腰を前後に揺らしては、

「んっ……あっ」

と、抑えきれない声をこぼす。

自分が生まれ育った温泉旅館で、愛する女とお湯のなかでまぐわっている——それ自体が、圧倒的な悦びだった。

やがて、腰の補助をする必要もないくらいに、志織は自分から腰を大きく前後に振って、

「ぁああ、恥ずかしいわ」

芳彦の目をうかがうように見る。

「恥ずかしいことじゃない。いいんだよ、意のままに動けば。エッチな志織さんを見てみたい」

「あまり見ないでください」

口ではそう言いながらも、志織は周囲のお湯が波打つほどに激しく腰をつかい、

「ああ、気持ちいい……気持ちいいんです」

喘ぐように言って、芳彦にしがみついてきた。

芳彦は赤く濡れた唇を奪い、舌を差し込んだ。すると、志織は積極的に舌をからませながら、腰を前後に揺する。

快感が、全身を満たす。これ以上の快感が他にあるとは思えなかった。

志織が唇を離して、大きく腰をつかった。

「あんっ、あんっ、あんっ」

志織はしがみつきながら、腰を縦に振っている。全身を上下動させ、飛び跳ねるようにして、軽快に喘ぐ。

おそらく、志織の頭のなかでは、ここがベランダの部屋付き露天風呂だという意識が飛んでしまっている。そこまで、芳彦との情交で感じてくれているのだ。

芳彦も昂った。

お湯に濡れた乳房をつかんで、揉みしだいた。

柔らかなふくらみは温かく、つるつるで、揉むほどに形を変える。

そこだけが硬くなっている乳首をつまんで、転がすと、志織が言った。

「ああ、気持ちいい……芳彦さん、気持ちいいの」

芳彦は自分でも動きたくなって、体位を変える。

志織を立たせて、外を見る形で湯船の縁をつかませた。

後ろから腰を引き寄せると、志織はバックの立位の格好で尻を突き出してきた。

「ああ、恥ずかしいわ」

「大丈夫。志織さんのお尻は形がいいし、立派だ。きみのお尻が大好きだ」

そう言って、芳彦はしゃがんで、尻たぶをつかんだ。

見事な双臀《そうでん》は妖しいほどの光沢を放ち、お湯がしたたっている。

尻たぶを少しひろげるようにして、花芯に顔を寄せた。わずかに赤みをのぞかせている花芯の狭間を舐めあげると、

「ぁああ、くっ……！」

志織が背中を反《そ》らせる。

ベランダの明かりが赤い粘膜をぬめ光らせ、そこをつづけて舐めあげると、

「ああ、気持ちいい……蕩《とろ》けてしまう」

志織がうっとりとして言う。

その陶酔《とうすい》した声を聞いただけで、イチモツがますます力を漲らせる。

芳彦は立ちあがって、後ろから嵌《は》めていく。蕩けた肉路を分身がこじ開けていく感触があって、

「はうぅぅ……！」

志織が顔を撥《は》ねあげた。

熱く滾《たぎ》った粘膜がまとわりついてきて、芳彦もその快感に呻《うめ》く。

ゆっくりとストロークをはじめた。きゅっとくびれた細腰を引き寄せながら、浅いところを焦《じ》らすように抜き差しする。

「ぁああ、どうしてこんなに気持ちいいの……」

志織が顔をのけぞらせる。

「きっと二人は相性がいいんだ。もっと気持ち良くなっていいんだよ」

芳彦は徐々に振幅を大きくして、スピードアップする。尻の底にマラが突き刺

さっていき、

「ぁあぁ、これ……あんっ、あんっ、あんっ……！」

志織は、ここがどこであるのかまったく意に介《かい》さないようで、あからさまな声をあげる。

猛りたつ分身が、志織の体内を深々とえぐる。

同時に、温まっていっそう伸びた皺袋が、振り子のように揺れて、クリトリスを叩いている。

この至福の時間をとことん味わいたい。

芳彦は夜景を眺めながら、腰をつかいつづける。

濃紺の夜空に無数の星たちが煌《きら》めいている。この地方特有の、高くはないが、美しい形をなす山々が連なっている。

「志織さん、見てごらん。最高の眺めだ」

言うと、志織が顔をあげて景色に目をやり、

「きれいだわ。こんなの初めてです」

「よし、一緒にイクぞ」

芳彦は大きく腰を打ち据えた。すると、ブランコのように揺れた睾丸が陰核を

打ち、志織の気配がさしせまってきた。

「あんっ、あんっ、あんっ……ああ、わたし、イッちゃう。イキそうです」

「いいんだよ、イッて」

芳彦が渾身《こんしん》の力を込めて叩きつけると、ずりゅっ、ずりゅっと肉棹が深部に届き、同時に睾丸がクリトリスを打って、

「あっ、あっ、あっ……ぁあああ、イキます。イッていいですか？」

「いいよ、俺も……」

最後の力を振り絞って叩きつけたとき、

「イクぅ……！」

志織がのけぞり返り、次の瞬間、芳彦も目眩《めくるめ》く頂上に押しあげられた。

5

三年後——。M旅館には、板についた若女将ぶりを見せる志織の姿があった。

あの後に二人は結婚式を挙げ、晴れて夫婦になった。

結婚後も、志織は半年ほど花屋で働いていたが、ようやく志織の代わりの従業員が育ち、それを機に、本格的に若女将修業をするようになった。

ちなみに、支配人代理だった柿崎は、母の差配《さはい》で、元の番頭に戻り、芳彦が支配人になった。

柿崎が旅館を辞めるのではないかという噂もあったが、芳彦が一人前になるまで支えてほしいと母に請われて、それを受け入れたらしい。

今も、柿崎は母の命《めい》を守って、芳彦の仕事を助けてくれている。元々そんなにあくどい男ではなかったのかもしれない。志織との交際を妨害したのは、魔が差したのだろう。

志織は若女将修業を仲居からはじめた。

まずは、仲居の気持ちを知ったほうがいいと、仲居頭の青木珠実に進言されたのだ。

半年ほど仲居を務め、その後、女将の下で本格的な若女将修業をはじめた。

母によれば、志織は呑み込みが早く、素質があるという。

その見込みは当たっていて、志織は見る見る若女将らしくなった。

そして今や、押しも押されもせぬ美人若女将として、旅行雑誌に取り上げられるほどになった。

今日も雑誌の取材を受け、艶《あで》やかな着物姿で大きな花器に花を活けている。

長く伸びた黒髪を結《ゆ》いあげ、花鋏《はなばさみ》を使って茎を切り、花器に活ける姿を、カメラマンが撮影する。

そんな姿を見ると、芳彦はつくづく志織と結婚してよかったと思う。

取材陣が帰り、自室で寛《くつろ》いでいる志織を、芳彦はねぎらった。

「お疲れさま。これで、またうちの客が増える」

にこにこしながら、近づいていく。

「そうだといいんですけど……」

志織がソファから立ちあがった。

取材用にと、高価な和服を着た志織を見ると、なぜかむらむらしてしまう。

「ありがとう。うちがここまで持ち直したのも、志織のお蔭だ」

後ろから着物姿を抱きしめる。すると、志織も背中を預けてくる。

志織は凛《りん》とした若女将になっても、プライベートでは芳彦に甘えついてくる。

それをかわいく感じる。

背後からハグしながら、右手を衿元《えりもと》にすべり込ませた。すぐのところに、柔らかな乳房が息づいていて、

「んっ……いけません。まだお昼でしょ」

志織が言う。だが、ほんとうにいやがっているのではない。

「花を活けている志織を見ていたら、猛烈にしたくなった。いいだろ？」

衿のなかで息づく乳房をやわやわと揉みしだき、頂上の突起を指で捏ねると、乳首があっという間に硬くしこってきて、

「あん……」

志織は顎をせりあげる。

「夜まで待てないんだ」

志織の手を取って、後ろに導く。ほっそりした指が着物の前身頃《まえみごろ》をかきわけて、ブリーフを突きあげているものを、おずおずと握りしごいてくる。

強弱をつけて擦られるたびに、分身にさらに力が漲ってきた。

そして、志織の着物に包まれた尻がもどかしそうに揺れはじめる。

芳彦は志織を正面に向かせ、カーテンの閉まっている窓に押しつける。着物の裾《すそ》をまくって、パンティを脱がせた。

それから、片足を持ちあげる。白い長襦袢《ながじゅばん》もまくれて、むっちりとした色白の内腿の奥にしゃぶりつく。繊毛の底に舌を走らせると、

「ああ、いけません。ダメです。んんんっ！」

志織は片手を口に当てて、声を押し殺す。それでも、執拗にクンニをするうちに、志織の腰が切なげに揺れはじめた。

「ぁああ、芳彦さん、ダメっ……したくなっちゃう」

志織が喘ぐように言う。

「着物姿の志織と、したかったんだ」

思いを告げて、狭間の粘膜を舐め、クリトリスを舌でもてあそぶ。

「ぁあああ、あああ……気持ちいいんです。最近はすぐに感じて、欲しくなってしまう。芳彦さんがいけないんですよ」

「俺がそういう身体にしたんだ。それを誇りに思うよ」

芳彦は立ちあがって、背中を向ける形で、志織に両手を窓の下に突かせた。

腰をぐいと引き寄せ、背中を押す。

着物と白い長襦袢の裾をまくりあげると、色白の尻とむっちりとした太腿があらわになった。

「ああ……恥ずかしいわ」

もう何度もバックからされているのに、志織は羞恥心《しゅうちしん》を失わない。

白磁《はくじ》のような光沢のある尻たぶの底に、勃起を埋め込んでいく。

それがとろとろに蕩けた肉路を押し広げていって、

「はう……！」

志織が帯の締められた背中を大きくしならせる。

吸いつくような粘膜を感じながら、芳彦はゆっくりと腰をつかう。

孔雀《くじゃく》セックスだ。

ひろがった着物の裾が羽を開いた孔雀のように見えるから、そう呼ぶらしい。

今も、流水の裾模様の入った着物の裾が華麗にひろがって、帯を隠している。

日本画のような光景を見ながら、後ろから打ち込んでいく。

「んっ、あんっ、んっ」

志織は必死に喘ぎをこらえながら、がくん、がくんと頭を揺らせる。

打ち込むたびに、いきりたつものが志織の身体の奥を突いている実感が込みあげてくる。

志織に出逢えて、ほんとうに良かった。もし志織がいなければ、今の自分はない。おそらく、東京に逃げ帰っていただろう。

「志織、絶対に放さないからな。死ぬまで一緒だ」

「はい……わたしも」

「志織、イクぞ」

芳彦は腰を引き寄せながら、徐々にストロークを強くしていく。

イチモツが深々と奥まで嵌まり込み、睾丸が振り子のように揺れて、ペチン、ペチンとクリトリスを叩く。

「ぁああ、恥ずかしい……わたし、もうイキます」

「いいぞ。俺も出す」

芳彦は勃起を深々とえぐり込みながら、意識的に睾丸で陰核を打つ。最近はタマ打ちをコントロールできるようになった。

志織は切羽詰まってきたのか、つづけざまに喘いだ。

「あんっ、あんっ……イキます！　イッていいですか」

「そうら、イケ。俺の子を生んでくれ！」

「はい……やぁああ！」

志織が嬌声《きようせい》を噴きあげ、次の瞬間、芳彦もおびただしい精液を放っていた。

※この作品は2024年5月8日から8月31日まで「日刊ゲンダイ」にて連載されたものに加筆修正した文庫オリジナル小説で、完全なフィクションです。

双葉文庫

き-17-72

湯《ゆ》けむり若女将《わかおかみ》

2024年10月12日　第1刷発行

【著者】
霧原一輝《きりはらかずき》

【発行者】
箕浦克史
【発行所】
株式会社双葉社
〒162-8540 東京都新宿区東五軒町3番28号
［電話］03-5261-4818(営業部)　03-5261-4831(編集部)
www.futabasha.co.jp(双葉社の書籍・コミックが買えます)
【印刷所】
中央精版印刷株式会社
【製本所】
中央精版印刷株式会社

【フォーマット・デザイン】
日下潤一

ISBN978-4-575-52804-6 C0193
Printed in Japan

霧原一輝

艶距離恋愛がいい！

遠くても会いにイク 長編エロス

姫路の未亡人から始まって大阪の元ヤントラッカー、名古屋の女将、福岡ではCAと、立て続けにベッドイン。距離に負けない肉体関係！

霧原一輝

追憶の美女 日本海篇

ヤリ残し解消 長編エロス

事故で重傷を負った康光は、走馬燈のように浮かんだ過去の女性たちを訪ねる旅に出る。意気地がないゆえ抱けなかった美女たちを。

霧原一輝

オジサマはイカせ屋

実践的性コンサルタント 長編エロス

独り身のアラフィフ、吉増泰三は会社勤めの傍ら「実践的性コンサルタント」として日々悩める女性の性開発をする。若妻もOLも絶頂へ！

霧原一輝

淫らなクルーズ

10発6日の乱倫長編エロス

憧れの美人課長に誘われたのは、ハプバー常連のクルーズ旅で、うぶな鉄平は二穴攻めの3Pなど、濃ゆいセックスにまみれるのであった。

霧原一輝

同窓会の天使

長年の想い成就 長編エロス

ずっとこの胸を揉みたかった！ 昔フラれた彰子と同窓会の流れで見事ベッドイン。今は未亡人の彰子と付き合うがモテ期が訪れて……。

霧原一輝

海蛍と濡れたアソコの光る町

発情サインが見えちゃう 長編エロス

春樹はある日海蛍が光る海で転倒。するとなぜか発情中の女性の下腹部が光って見える特殊能力が備わった。オクテな春樹も勇気ビンビン！

霧原一輝

桜の下で開く女たち

棒艶ズーム 長編エロス

カメラマンの井上は撮影で桜前線を追いかけているが、各地で美女たちと巡り合い、ズームレンズだけでなく、股間も伸ばしてしまう。